KB028236

신
에
대
한 명
상

신에 대한 명상

초판 1쇄 인쇄 2023년 6월 9일
초판 1쇄 발행 2023년 6월 16일

지은이	문진희
펴낸이	장건태, 황은희
책임 편집	솔림
디자인	Vita Deva
사진	전재호(표지), 최수연(앞날개), shutterstock(속표지)
제작	제이오
펴낸곳	마이트리
주소	주소 경기도 파주시 돌곶이길 170-2(10883)
등록	2018년 10월 4일(제406-2018-000114호)
전화	031-955-9790
팩스	031-955-9796
전자우편	info@suobooks.com
홈페이지	www.suobooks.com
ISBN	979-11-982196-8-8 03810 책값은 뒤표지에 있습니다.

마이트리(maitri)는 산스크리트어 미트라(mitra)에서 유래한 말로 진실한 우정을 뜻합니다.
사랑과 자비의 마음을 담은 책을 펴내고자 합니다.

삶의 길목마다 서 계신
스승들을 기억하며

신에 대한 명상

문진희

마이트리

차례

출간에 부쳐

달라이 라마 His Holiness the Dalai Lama

저는 문진희 박사를 오랫동안 알고 지내왔습니다. 문 박사의 요청으로 한국의 형제자매들에게 이렇게 인사를 드리게 되어 매우 기쁘게 생각합니다. 지난 50여 년간 저는 많은 한국인들과 교류할 기회가 있었습니다. 한국인들은 전통 문화를 잘 보존하고 향유하면서도 현대 교육의 혜택도 누리고 있으니 참으로 행운이라 여겨집니다. 많은 한국인들이 저의 법문에 참석하기 위해 이곳 다람살라와 인도의 다른 지역 등으로 찾아옵니다. 부처님의 가르침을 진정으로 이해하려고 노력하는 그들의 열정에 감사를 표합니다.

여러분이 불교 신자라 해도 좋고 아니라 해도 좋습니다. 인류는 하나임을 알고 자비, 관용, 자기 수련 같은 인간적 가치를 증진시키기 위해 노력하십시오. 지금은 세계화 시대입니다. 특히 기후변화는 우리 모두에게 영향을 미칩니다. 어느 누구도 피할 수 없습니다. 우리 모두는 단 하나뿐인 지구 가족의 일원입니다. 이런 이유로 우리는 과학적 발견, 상식, 그리고 공동의 경험에 기반한 인간적 가치를 우리의 세계관에 통합시켜야 합니다. 전 지구적 책임감을 가져야 합니다. 인류의 행복은 우리 자신의 행복이기 때문입니다.

문진희 박사는 종교를 초월하여 지혜로운 이들을 공경하고 성인들의 가르침과 계율을 지키며 살아가고자 노력해왔습니다. 30년이 넘도록 지켜본 그의 구도의 여정에 찬사를 보냅니다. 이 시대의 진정한 수행자인 그의 삶과 이 책이 우리와 같은 길을 걷는 이들에게 등불이 되어주기를 바랍니다.

추천의 글

다지 Daaji / Kamlesh D. Patel
Heartfulness 영적 지도자

제가 인도에서 문진희 박사를 처음 만난 것은 어느 상쾌한 여름 날 아침, 단체 명상을 마친 후였습니다. 그녀와 나눈 많은 대화들이 인상적이었지만, 특히 자신에게 길을 안내해준 모든 스승들께 감사의 마음을 전하는 것이 감동이었습니다. 스승에 대한 그녀의 마음을 알기에, 이 책의 추천의 글을 쓰게 된 것을 영광으로 생각합니다.

영혼의 여정은 유한에서 무한으로, 한계 있음에서 한계 없음으로, 현재에서 영원으로의 여정입니다. 이 여정은 길을 걸으며 경험하는 것이 특징이며, 경험의 도구는 가슴입니다.

가슴이 있는 곳에 사랑, 지혜, 보이지 않는 인도자의 손이 있고 용기와 명료함이 있습니다. 본유의 신뢰와 확신이 있습니다.

내적 여정은 가슴에서 시작하며, 하트풀니스는 가장 높은 의식 수준에 이르기 위해 단순하고 안전하며 개인의 속도에 맞는 실천법을 제공합니다. 우리의 여정이 어떻게 진보하는지 가슴의 실험실에서 입증할 수 있게 도와줍니다.

이 책을 읽을 때 가슴으로 읽어보십시오. 메시지가 당신의 가슴을 움직이고, 지혜가 안내하게 하십시오. 아름다운 꽃다발이 꽃의 묶음인 것처럼 이 책은 경험의 모음입니다.

경험으로 쌓은 지혜로 문 박사는 가슴 가장 깊은 곳에서 평화와 빛이 가득한 집을 찾고 그곳에 닻을 내렸습니다. 여러분이 가슴의 소리를 듣고 그 안내를 따를 수 있는 용기를 얻어 소명을 찾을 수 있도록, 이 책이 영감을 줄 것입니다.

태초부터 계셨던 성인들께 경배 드립니다.
이 땅에 육신으로 오신 성인들께 경배 드립니다.
삶의 길목마다 서 계신 스승님들께 엎드려 경배 드립니다.

모든 시대와 나라의 성인들은 같은 메시지를 주십니다.
같은 진리를 다른 방법으로 우리에게 주십니다.
모든 시대마다 오시는 성인들은
내면으로 들어가 '신'을 만나라고 말씀하십니다.
스승님들은 그 비밀을 우리에게 전해주십니다.

우리의 모든 슬픔을 씻어내고
우리를 고향으로 데려가시는 스승님들과
나의 스승님께 공양 올립니다.

문진희

나의 종교는 친절입니다

달
라
이
라
마

까마귀 울음 속에 날이 새고 저무는 나라

세상에서 가장 무지한 나라

지구상에서 가장 절망적인 나라

굶주림과 질병으로 뒤덮인 나라

불볕더위와 죽음이 지배하는 나라

그러나 인간 영혼의 가장 깊은 곳을 감지한 나라

그리하여 정신세계의 무한대까지 올라간 나라

인디아···. – 마하트마 간디의 글

1981년 즈음, 백양사에서 3년을 모셨던 서옹 큰스님께서 어느 날 나에게 유학을 가라고 하셨다. 나는 비구니가 되고 싶었지만 '중은 되지 말라' 하시면서 인도로 가라신다. 그렇게 해서 나는 인도로 떠났다.

마침 인도에서 국제 요가대회가 열렸고, 나는 한국 대표로 참석했다. 요가, 마음공부, 명상, 도, 깨달음 같은 말들이 내 삶 속으로 들어오기도 전에, 그곳에서 나는 너무나 큰 것을 보았다. 행사 마무리 즈음에 왜소한 체구의 사두가 격려차 참석한 대통령의 머리를 지팡이로 툭 툭 툭 치는 모습을 보는 순간, 나는 어둠 속에서 어떤 빛을 보았다. 한국으로 돌아온 뒤 나는 고향으로 달려가듯 다시 인도로 향했다.

인도에서 유학하고 있을 때, 당시 동국대에 계시던 이기영 박사님이 비보를 전해왔다. 같은 대학 교수로 재직하면서 뉴델리 대학에 한국어과를 개설하신 서경수 교수님이 출근길에 교통사고로 돌아가셨다는 것이었다. 예순이 다 되도록 혼자 사시다 뒤늦게 인연을 만나셨는데 채 백일도 안 된 딸을 남기고 가시다니… 운명이니 카르마니 하는 개념조차 생소하던 나에게 그분의 죽음은 충격으로 다가왔다. 통화 말미에 박사님이 말씀하셨다. 고인이 생전에 인도를 많이 사랑하셨으니 인도에서 49재를 지내주었으면 좋겠다고. 나는 당시 지도교수였던 닥터 쿠말팔 Dr. Kumalpal을 찾아가 여쭈었다.

"어디에 가야 49재를 제일 잘 지낼 수 있습니까?"

그분의 추천은 두 가지였다. 먼저, H. H. 달라이 라마 ('H. H.' 는 'His Holiness'의 약자로, 티베트 불교의 수장이자 국가원수를 겸한 달라이 라마에게 통상적으로 붙여야 하는 경칭이지만 앞으로는 생략하기로 한다), 그리고 아그라 정글 속에 있다는 라다소아미Radha Soami 아쉬람. 나의 선택은 승왕 달라이 라마였다.

"이곳 티베트의 심장부에 자리한 라사. 종교와 행정의 중심부가 모두 안팎으로 공격을 받을 날이 오리라. 우리 스스로 조국을 지키지 못한다면, 우리 신앙의 수호자요 영광스러운 부처님의 화신들로서 아버지와 아들 같은 사신인 달라이 라마와 판첸 라마는 곧 할 일 없이 파괴되어 흩어지리라. 사원과 승려들이, 저들의 땅과 재산이 모두 파괴되리라. 중생들은 크나큰 고통과 지독한 공포에 휩싸이리라. 고통 속의 밤낮이 한없이 길어지리라."

(13대 달라이 라마가 열반 직전에 남긴 이 글은 훗날 그대로 실현되었으며, 14대 달라이 라마는 1959년 인도로 망명하여 북인도 히말라야 산맥에 있는 다람살라에 임시정부를 세웠다.)

달라이 라마가 누구인지, 티베트가 어디에 있는 나라인지, 또 다람살라는 어디이며 임시정부라는 게 무엇인지 전혀 알지 못했던 나는 닥터 쿠말팔이 알려준 대로 다람살라로 향했다. 하루면 갈 수 있는 곳이려니 하고 기차표를 받아들고 떠났는데, 하루가 지나고 이틀이 지나도 기차 안이었다. 그저 49재를 잘 해 드려야 되겠다는 생각만으로 출발한 길은 가도 가도 끝이 없었다. 그 시절 인도 철도에서 하루 이틀 연착은 예사였다.

사흘 후 '자무'라는 도시에 내리니 닥터 쿠말팔의 딸과 사위가 마중을 나와 있었다. 내가 어린 시절을 군인 가족으로 살았기 때문일까? 긴 시간 동안 가슴을 졸이며 달려왔던 나는 닥터 쿠말팔의 군인 사위가 지프차를 가지고 온 것을 보고 안도감을 느꼈다. 그 후 덜덜거리는 지프차 안에 앉아 있던 열 시간 동안 내 마음속에는 한 가지 생각뿐이었다.

'나는 지금 어디로 가는 거지?'

히말라야 북쪽에 자리잡은 다람살라에 도착한 것은 밤이 늦어서였다. 캄캄해서 아무것도 보이지 않았다. 안내를 받아 들어간 허름한 도미토리 안에는 낡은 침대 하나가 놓여 있었다.

그 방 안에서 얼마의 시간이 지났을까? 어둠을 뚫고 새벽 동이 터올 무렵, 명상 중에 맑고 넓은 하늘에서 엄청나게 큰 흰 코끼리가 나를 향해 다가왔다. 하늘을 꽉 채운 그 거대한 코끼리를 향해 물었다.

"Who are you?"

"I'm Dalai Lama."

달라이 라마? 그는 누구일까? 여기는 어디일까? 나는 왜 여기에 와 있을까? 죽음의 공간인가? 꿈인가? 눈부시도록 아름다운 새벽 여명 속에서 코끼리가 그대로 나를 지켜보고 있었다.

가슴이 뛰기 시작했다. 삐걱거리는 침대에 앉아 있던 나는 그대로 일어나서 밖으로 나갔다. 서 교수님의 49재를 위해 떠났던 길. 티베트라는 국가의 임시정부가 이곳에 있다는 것도 처음 알았고, 티베트의 정신적 지도자이자 국가원수라는 달라이 라마가 어떤 분인지도 모르지만, 델리에서부터 입은 옷 그대로 나흘 동안 기차 타고 지프차 타고 달려왔던 나는 설레는 가슴으로 임시정부가 있다는 곳을 물어물어 찾아갔다.

길 잃은 염소

임시정부 건물 앞에 서 있는 경비원에게 다가가 달라이 라마를 뵈러 왔다고 하니, 기가 막히다는 듯 9시 넘어서 오란다. 나는 돌담 한쪽 구석에 쭈그리고 앉았다. 그런데 왜 그리 눈물이 나는지… 아마도 그 긴 시간 동안 험한 길을 달려오면서 태연한 척 억눌러왔던 두려움이 한꺼번에 터져 나온 것이리라.

울고 있는 나를 본 경비원들이 뭐라고 보고했는지, 비서라는 분이 나왔다. 여기서 울지 말고 숙소로 가서 차 마시고 쉬었다 가 9시 넘어서 오란다. 나는 말도 안 되는 영어를 주워섬기며 떼를 썼다. 나는 한국에서 왔는데, 우리 교수님이 돌아가셔서 제사를 지내고 빨리 돌아가야 한다, 그냥 이대로 있을 테니 달라이 라마를 뵙게 해달라….

나중에 안 것이지만, 이 비서는 달라이 라마의 수석비서 텐싱 케실라였다. 달라이 라마가 외국을 나가실 때 항상 곁을 지키고 있는 분이다. 이분이 훗날 나에게 붙여준 별명이 '크라잉 걸 crying girl'이다.

내 모습이 너무 가여웠는지, 두 시간 뒤에 돌아온 텐싱 케실라가 나에게 따라오란다. 눈물 콧물 흘리며 그분을 따라 언덕을 올라갔는데… 이걸 어떻게 표현해야 할까… 붉은 태양이 내 앞에 서 있다고 해야 하나… 정신이 혼미해지는 것 같았다. 달라이 라마께서 그 큰 손으로 내 손을 잡아 안으로 이끄셨다.

나는 그분의 발밑에 앉아 한마디도 하지 못하고 실컷 울었다. 일생 동안 더 나올 눈물이 없을 만큼 울었다. 한참이 지나서야 경호원들과 비서들이 당황해하며 서 있는 것을 보았다. 정신을 차리고 달라이 라마께 잡힌 손을 슬그머니 빼었을 때 그분이 말씀하셨다.

"이제 다 울었느냐?"

그러고는 비서에게 녹음기를 가져오라 하셨다. 말씀을 녹음 해주신 뒤, 돌아가서 천천히 들어보라고 하신다. 무슨 말씀을 녹음하셨는지 전혀 알 수 없었다.

바깥으로 나오니 승려 한 분이 기다리고 있었다. 달라이 라마께서 나를 델리 기숙사까지 안전하게 데려다주라 하셨다고 한다. 혼자 가도 된다고 말했지만 승왕의 말씀이니 수행해야 한다면서 편하게 가자고 하신다. 우리는 3박 4일을 이동한 끝에 델리에 도착했다.

《마하바라타》에 나오는 이야기이다.

집에서 멀리 떨어져, 끝이 없어 보이는 숲속에서 길을 잃은 채 병에 걸린 연약한 염소가 있었다. 염소는 숲속의 수많은 위협에 대한 두려움에 떨며 어깨너머를 돌아보거나 먹을 것을 찾아다니며 자신을 보호하는 수밖에 없었다. 그런데 숲속의 제왕인 호랑이가 이 작은 염소에 대한 동정심으로 그 무서운 운명으로부터 염소를 해방시켜 주기로 마음먹었다. 호랑이는 코끼리를 보내 염소를 돌보도록 했다. 염소는 코끼리의 등에 올라타고 강가로 가서 물을 먹었고, 목마름이 해소되면 코끼리의 등에 타고 돌아왔다. 염소는 곧 건강이 좋아졌고, 코끼리의 보살핌을 받으며 숲속 생활에 안주할 수 있었다. 바로 이런 것이 은신처를 갖는 것의 이로움이다.

그 시절 티베트의 인재들이 모여 있다는 임시정부에 취직하는 것은 하늘의 별 따기로 모든 티베트인들의 로망이었다. 나를 델리까지 데려다준 승려는 켈상이었다. 달라이 라마의 재무 담당 비서로서 외국인 방문객들을 보살피기도 하고 티베트를 홍보하는 일을 맡고 있었다. 3박 4일 동안 이런 분의 안내를 받으며 여행한 것은 더없는 행운이었다. 지금은 승복을 벗고 미국 시애틀에서 국립병원 의사로 일하고 있는 켈상은 그때 철부지 염소처럼 행복해하던 나를 어떤 느낌으로 바라보았을까?

나는 달라이 라마께서 쥐여주신 테이프를 가지고 서 교수님의 첫 인도인 제자 자야의 집으로 갔다. 사실 나는 49재를 지내러 갔다가 아무것도 안 하고 돌아온 셈이었다. 다 잊어버렸다.

내가 한 일은 그저 운 것밖에 없었다. 질문은 한마디도 하지 못했다.

자야와 함께 달라이 라마께서 녹음해주신 테이프를 들으면서 나는 깜짝 놀랐다. 내가 묻고 싶었던 질문의 답이 전부 그 안에 있었기 때문이다. 놀란 마음을 추스르며 계속 들었다. 그 안에는 여성으로서 영적 수행을 해나가는 길과 사후 세계에 대한 말씀도 들어 있었다.

왜 붓다가 궁극적인 귀의처인가? 네 가지 이유가 있다.

첫째, 붓다는 모든 두려움에서 벗어났다.

둘째, 그는 지혜로워서 다른 사람을 두려움에서 벗어나게 할 방법을 알고 있다.

셋째, 그는 위대한 자비심을 가지고 있다.

넷째, 그는 자신의 이익을 생각하지 않고 이타행을 한다.

만일 붓다가 첫째 특성을 갖지 않았다면 다른 사람을 도울 수 없을 것이며, 둘째 특성을 갖지 않았다면 그들을 도울 방법을 모를 것이다. 그가 셋째 특성을 갖지 않았다면 모든 중생을 돕지 않을 것이며, 넷째 특성을 갖지 않았다면 자신에게 이익을 주는 중생들만 도우려 할 것이다. 그러나 붓다는 자신의 이익을 생각지 않고 다른 이들에게 이로운 행으로 귀의의 대상이 될 수 있다.

지금은 네루대학교 한국어학과 학장을 맡고 있는 자야는 한국에서 유학한 두 번째 인도 여성이다. 그 시절 국제 행사에 간 나를 위해 번역과 통역을 도와준 친구로, 우리는 매일 그녀의 집에서 공부를 했다. 자야의 시어머니는 하루도 빠지지 않고 공부하러 오는 내가 당연히 싫었을 것이다. 외교관의 부인으로 고고하게 살아온 이분은 며느리를 귀찮게 한다는 이유로 나에게 눈치를 많이 주긴 했지만, 아주 열심히 경전을 읽는, 소녀 같은 분이었다. 지금은 1년에 한 번씩 만날 때마다 나의 볼에 입맞춤을 해주시고, 그때의 추억을 되새기며 함께 웃는다.

인연의 긴 끈

무엇이 나를 그토록 열광하게 했는지는 모른다. 나는 다시 달라이 라마가 계신 곳으로 갔다. 그리고 그분의 법회가 열리는 곳은 무조건 따라다녔다. 유학도 요가도 '나'도 다 잊어버린 채, 달라이 라마 가시는 곳이라면 어디든지 티베트인들과 함께 따라다녔다. 그렇게 나는 험한 산속에서, 열차 안에서, 버스 안에서, 길거리에서 살았다.

그러던 어느 날, 다람살라에 사는 티베트 가족의 초대를 받아 가서 저녁상에 올라온 만두를 맛있게 먹었다. 가난한 가족이었기 때문에, 만두 속에 고기를 넣었으리라고는 생각지도 못했다. 나는 서옹 큰스님 시봉 때부터 큰스님을 따라 채식으로 생활했었다. 만두 속에 들어 있던 고기가 복통으로 이어졌다. 배가 만삭 여인처럼 불러왔다. 누군가 가까이만 와도 아파서 소리를 질렀다.

병원 응급실로 실려 갔다가 중환자실로, 다시 입원실로 옮겨졌다가 결국 병실이 없어서 어린이 병동으로 갔다. 너무 아파서 '엄마'를 부르며 울었다. 병실에 있던 아이들이 모두 따라 울었다. 티베트 아이들도 엄마를 '엄마'라고 하기 때문이었다. 어린이 병실에서 너무 운다고 해서 옮겨진 병동이 호스피스 병동이었다. 매일 환자가 죽어 나가는 곳이다. 인도인 의사들끼리 하는 이야기가 들린다.

"저 한국 여자 죽을 거 같은데… 한국으로 보내자."

어찌어찌해서 내 소식을 들으셨는지 달라이 라마께서 주치의를 보내주셨다. 바짝 마른 체구에 검고 긴 수염이 난 그분은 나에게 생약 두 알을 주면서 한 알씩 먹으라고 했다. 한 알을 먹고 나서 변기통이 넘치도록 대변을 보았다. 내 배 속에 이렇게 많은 배설물이 쌓여 있을 줄이야! 나머지 하나를 먹고 또 변기통이 넘치도록 배설물을 쏟아냈다. 몸무게가 44kg로 줄었고, 걷지도 못할 정도로 쇠진한 상태가 되었다.

그 후 내가 보내진 곳은 독일 여성으로 티베트 스님이 된 나이 많은 비구니 스님의 방이었다. 그곳에서 석 달간 간호를 받으며 지냈다. 이때 매일 빠지지 않고 한 번씩 들러 나의 건강상태를 체크하여 달라이 라마께 보고한 분이 바로 나를 델리까지 데려다주셨던 켈상 스님이다. 아무튼 인연이란 정말 묘한 것이다.

나는 어느새 다람살라에서 유명한 한국인이 되었다. 티베트 동네 사람들은 나를 '미스코리아'라고 불렀다. 훗날 한국인 단체 여행객들이 왔을 때 티베트 사람들이 "여기에도 미스코리아가 있다"고 자랑하는 말을 들은 한국인들이 나를 보고 "정말 당신이 미스코리아였냐"고 물었을 때 느꼈던 당혹스러움만 뺀다면 다람살라는 나에게 천국이자 도솔천이었다.

나를 늘 도와주시던 켈상 스님이 어느 날 한국어 한 가지만 알려달라고 했다. 그래서 영어로 'Hello'가 한국말로 '여보세요'라고 알려주었다. 이 말이 발음하기 어려웠는지, 혹시 짧게 '여보'라고 해도 같은 의미냐고 물으시길래 그냥 그렇다고 했다.

그 후 어느 날 스님이 나에게 말했다. 길에서 한국인 단체를 만나서 손을 흔들며 큰 소리로 "여보!" 하고 인사를 했는데 한국인들 반응이 이상하더라고, 'Hello'가 정말 '여보' 맞느냐고…. 나는 웃으면서 차이를 설명해주었고, 그 후 며칠 동안 스님은 내 앞에 나타나지 않았다.

진신사리의 기적

1988년 6월, 달라이 라마께서 로초 린포체와 라티 린포체를 한국으로 보내셨다. 두 분은 티베트 임시정부가 인증한 부처님 진신사리를 모시고 와서 사리 친견 법회 행사를 진행했다. 조계종의 도움으로 18개 사찰에서 법회가 열렸고, 부산과 제주를 마지막으로 한 달 가량 한국에 머물렀다. 일행이 다녀간 뒤로 한국에서는 새삼 티베트에 대한 관심이 생겨났고, 티베트 사원 방문이나 공부를 위해 임시정부가 있는 다람살라로 떠나는 스님들과 유학생들이 생겨나기 시작했다.

사리를 모시고 왔을 때, 서옹 큰스님께서 법사로서 사리 8과를 나누어주셨다. 첫째 사리를 모신 제주도 관음사를 시작으로 마지막 여덟 번째 사리는 태고종 연화사에 모셔졌다. 사리 8과 중 가장 작고 못생긴 마지막 사리를 모시게 된 연화사의 비구니 스님은 당신이 태고종 스님이라 제일 못생긴 것을 받게 되었다고 섭섭해했다. 그런데 이 사리가 놀라운 역사를 만들게 될 줄이야. 이 사리가 마치 다산하는 엄마처럼 '사리 아기'들을 태어나게 한 것이다.

1과가 32과가 되었을 때, 나는 연화사 스님과 함께 다람살라로 가서 달라이 라마께 사리를 보여드렸다. 달라이 라마께서는 '스님께서 진심을 내어 기도하시나 보다' 하시며 다른 절에 나누라고 하셨다. 이 사리는 달라이 라마가 인도로 망명 나오실 때 함께 모셔온 티베트의 국보로, 진신사리가 이렇게 늘어나는 것을 과거에도 보신 적이 있다고 하셨다. 친견을 마치고 밖으로 나온 스님은 땅바닥에 주저앉아 '나 같은 죄인에게 이런 일이 있다니…' 하시며 엄청나게 우셨다. 마치 내가 처음 달라이 라마를 뵈었던 그날처럼….

한국으로 돌아온 스님은 다시 사리 천일기도에 들어가셨다. 그리고 3년이 지나 사리함을 열었을 때, 놀랍게도 사리는 100과가 넘는 수로 불어나 있었다. 우리는 달라이 라마의 말씀대로 이 사리들을 원하는 절이나 스님들께 나누기로 했다. 그중에 내가 스님께 부탁드린 곳이 목아박물관이었다. 인간문화재 108호로서 여주에서 사립 박물관을 운영하고 있던 박찬수 관장님이 사리 2과를 모시고 싶어 하셨기 때문이다.

관장님과 함께 사리를 모시러 가기로 한 날 새벽, 연화사 스님의 전화를 받았다.

"진희야, 사리가 없어졌어! 다 사라지셨어!"

이 일이 있고 나서 1년 뒤에 연화사 스님은 돌아가셨다. 나는 아직도 궁금하다. 그 사리들은 모두 어디로 가셨을까?

(이 이야기는 《티베트, 인간과 문화(문진희, 티베트 문화연구소 지음, 열화당)》에 자세히 나와 있다.)

린포체 행사를 지극정성으로 도왔던 오랜 벗 일승과 보리는 세상을 떠났고, 무주심은 불교 구도인으로서 기도하는 삶을 살고 있다. 이 책을 먼저 읽은 무주심은 《화엄경》에 나오는 선재동자를 만난 것 같다고 했다. 그녀의 기도의 힘이 이 책에 함께 실리니 감사하고 참 좋다. 내가 울었을 때 무주심도 울었고, 내가 웃었을 때 무주심도 함께 웃었다.

11세기에 태어난 요기 밀라레빠가 '카르마'에 대해 말했다.

'업'이 말한다. "부처와 아라한들만이 나의 참다운 본성을 꿰뚫어보고 나를 이겨냈다. 다른 모든 존재들은 나의 포학한 법칙 아래 살아간다. 나는 그들에게 죽음을 선사하고, 그들을 살게도 한다. 나는 그들을 번영시키는 신이며, 인간들 사이에서 선행과 악행을 선사한다. 신들에서부터 황제나 왕, 부자와 빈민, 강자와 약자, 귀인과 천민, 짐승들, 행복한 영들과 불우한 영들, 이 세상과 위 세상, 그리고 아래 세상의 그 모든 존재들을 나는 각각의 상태로 들어올리거나 떨어뜨린다. 나는 그들의 여러 가지 행위에 따라서, 교만한 자를 깎아내리고 겸손한 자를 기쁘게 한다. 그러므로 사실 나는 '현상계' 우주를 다스리는 신이다."

누구에게나 자신의 카르마가 있다. 사람마다 카르마가 다르고 배경이 다르고 경험이 다르다. 카르마에 따라 총명하게 태어나기도 하고, 지적으로 우수한 사람으로 태어나기도 한다. 영적인 진보의 정도도 사람마다 다르다. 태생적으로 영성 쪽으로 기울어 세상일에 별로 관심을 두지 않는 사람들도 있다.

우리가 직접 저지른 행위가 '카르마'라면, '삼스카라'는 마음에 깊이 박혀 있는 것, 우리가 과거 생에 마음에 새겨놓은 것이다. 탄생과 함께 우리를 따라오는 '삼스카라'는 우리의 의지나 노력과 상관없이 자동적으로 발현된다.

과거에 나는 무엇을 심었을까? 지금 나는 무엇을 거두어야 할까? 이 생에서 누리고 있는 이 행운을 어떻게 회향해야 하는 걸까? 열반에 들기 전 밀라레빠는 조언했다.

인생은 짧고 죽음의 시간은 불확실하니 명상에 전념하라.
목숨을 대가로 지불하더라도 악행을 피하고 공덕을 쌓으라.

링 린포체, 한국에 오시다

몇 년 뒤 어느 날, 달라이 라마께서 링 린포체를 모시고 한국에 가라 하셨다. 어떻게 해야 하는지 여쭸더니 파티를 하라신다. 당시 링 린포체는 환생자로서 겨우 여섯 살이었다. 처음 만나던 날 나에게 '아찰라(누나)'라고 부르며 뛰어놀던 어린 왕사王師이다. 상황판단이 전혀 안 되던 나는 링 린포체를 업고 놀았었다.

1990년 9월, 링 린포체 한국 초청 준비를 마무리했을 때 느닷없이 다람살라 임시정부로부터 공문이 날아왔다.

'이곳 사정으로 방문 취소.'

행사를 불과 보름 앞둔 시점이라 당황스러움은 이루 말할 수 없었다. 공문을 받자마자 당시 불승종 종정이셨던 설송 큰스님을 찾아가 상황을 말씀드리니, 단 한마디 하신다.

"가봐. 가면 돼."

티베트 불교의 역사 속에서 끊이지 않고 내려오는 예언자를 '니충Nechung'이라 부른다. 티베트인들이 니충의 능력을 믿고 달라이 라마가 관세음보살임을 믿고 따르듯이, 나도 실상實相 세계에서 설송 큰스님의 말씀을 믿는다. 나는 추진하던 일들을 일단 중단시키고 급히 인도행 비행기 표를 끊었다.

다람살라에서도 내가 날아온 것을 보고 많이 놀란 것 같았다. 왜 한국 방문을 취소하라 하시는지 알고 싶어서 왔다고 했더니, 니충의 예언에 의해서 한국 방문을 취소하라는 전갈을 받았다고 한다. 이유가 오직 그것뿐이라는 사실을 듣고 나는 그냥 알아차렸다.

'가겠구나.'

중생 세계는 시시비비도 많고 탈도 많지만 실상의 세계에는 진실뿐임을 나는 확신한다. 나는 니충의 예언 의식을 다시 하자고 졸랐고, 결국 그렇게 되었다.

그렇게 해서 니충 사원에서 행해지게 된 예식. 말로만 듣던 예언자와의 만남… 그리고 불안…. 예복을 갖춘 니충이 중심에 앉고, 양옆으로 두 승려가 니충의 팔을 잡고 섰으며, 니충이 앉은 의자 다리를 건장한 네 승려가 붙들고 있다. 니충 앞에 간격을 두고 선 여러 승려들이 내는 특이한 염불 소리와 북소리, 종

소리, 소라 소리… 하늘을 부른다.

　얼마나 지났을까…. 니충이 움직이고… 나는 아름다운 하늘의 소리를 들었다. 그 음률에 평화로워졌고, 모든 것을 잊었다. 하늘의 소리를 어찌 말로 표현할 수 있을까. 그저 놀랍도록 아름답다고 할밖에….

　엄청난 에너지에 휩싸여 눈물로 범벅이 되어 있는 나에게 니충이 다가온다.

　"모시고 가라."

　그리고 몇 가지 준수해야 할 것들을 일러주신다.

　니충이 하늘 세계에서 받은 메시지는 이러한 것이었다.

링 린포체는 육신으로 보면 아직 어리지만 그 깊고 포괄적인 지식과 지혜와 행동은 보통인들의 사고를 초월한다. 그의 한국 방문에는 약간의 방해와 그로 인한 어려움들이 있을 것이다. 이번 방문을 성공하고 어려움들을 피하려면 아래와 같은 기도를 해야 한다.

항시 향을 피우고, 다섯 가지 보호 의식을 행할 것이며, 하루에 10만 번의 경전을 읽으며 불공을 드려야 한다.

이럼으로써 열 군데의 어두운 곳으로부터 오는 방해들을 피할 수 있고, 경전을 독송하고 진언에 주력할 때 모든 마장이 물러가고 지혜로운 광명이 올 것이다. 이곳의 모든 수호신장들이 보호할 것이며, 나 니충 또한 목숨을 다해 링 린포체를 보호할 것이다.

다음 날 달라이 라마께 감사의 예를 올릴 때 나는 한마디도 하지 못했다. 그런 나를 두 팔로 안아주시던 그분께 엎드려 절 올린다.

아래는 달라이 라마께서 링 린포체를 한국에 보내면서 주신 메시지의 일부이다.

나는 연소하신 링 린포체의 이번 서울 방문이 인도에서의 부처님

가르침, 설국 티베트에서의 불교의 융화, 그리고 티베트의 독창적인 불교를 소개하고 그 역사를 알릴 수 있다는 점에서 아주 기쁘고 흡족한 마음입니다. 또한 티베트와 동시대에 침략을 받았던 한국의 역사를 회고하면서 티베트 역사가 한국의 역사와 비슷하다고 생각합니다.

불교의 자비는, 또한 평화로운 부처님의 가르침으로 영향받은 티베트의 문화와 생활관습들은 단지 티베트에만 속하는 것이 아니라 모든 민족에게 다 속한다고 생각합니다. 티베트의 종교 의식, 의학 지식, 수려한 경관, 그리고 자연을 숭배하는 성향은 다른 이들에게 광범위하게 혜택을 줄 수 있는 큰 장점을 지니고 있습니다. 오늘날 거의 소멸 단계에 처해 있는 이 좋은 관습들을 우리는 보존할 의무가 있습니다.

이리하여 링 린포체의 한국 파티는 이루어졌다. 우리들의 안목으로는 링 린포체라는 존재를 이해하기 어렵고, 설명도 불가능하다. 파티 행사가 진행되는 모든 과정을 가장 가까이에서 지켜본 나로서는 그의 환생 자체보다도 그분이 중생의 해탈을 돕기 위해 왔음을, 혹은 인간이 신을 깨닫도록 하기 위해 이 세상에 다시 태어났음을 믿는 능동적인 확인만 있을 뿐이다. 그래서 너무 떠들어서도 안 되고, 구구절절한 표현도 불필요하다. 다만 듣는 이는 듣고, 보는 이는 보고, 느끼는 이는 느끼면 될 것이다.

(링 린포체의 한국 방문 때 진행되었던 파티의 과정은 1992년 출간된 《환생(한국티베트불교교류협회 엮음, 불광출판사)》에 간결하게 정리되어 있다.)

달라이 라마께 듣다

달라이 라마는 한 달 내내 진행되는 법회를 1년에 몇 차례씩 베푸신다. 법회는 하루 종일 진행된다. 달라이 라마를 중심으로 오른쪽에 원로 스님들이 앉고, 왼쪽에는 파티스(pathis, 법회에서 경전을 노래하는 이들)가 앉아서 각종 악기를 통해, 또는 육성을 통해 소리를 낸다. 법회 중간중간에 소라, 퉁소, 징 등 여러 악기 소리가 흘러나오고, 스님들의 목에서는 천둥소리와 같은 소리가 울려 나온다. 오른쪽에 앉은 원로 스님들 가운데에는 링 린포체나 트리장 린포체 같은 어린 왕사 스님들도 끼어 있다. 티베트 불교에서 나이는 중요치 않다.

왼쪽에는 달라이 라마를 가까이에서 뵐 수 있는 특별석이 있는데, 나는 이 자리에 앉는 행운을 누렸다. 달라이 라마가 너무 잘 보이는 곳이다. 통역사가 있고, 몇몇 외국인들이 앉아 법문을 듣는다. 영어를 잘하는 티베트 스님이 외국인을 위해 하루 종일 통역 봉사를 한다. 내가 전혀 특별하지 않았기 때문에 나는 그 줄에 앉은 외국인들이 특별한 사람들인 줄 몰랐다. 이때 통역사는 어린 스님이었는데, 지금은 달라이 라마의 내부 집사 역할을 하고 있다. 30년이 훌쩍 지난 지금 뵈어도 그 자비로움과 은은함은 기가 막히다. 꽃 가까이 있으면 꽃향기가 배는 법인가 보다.

나는 통역사 바로 옆에 앉아 있었기 때문에 통역기 없이도 목소리는 들렸지만, 그 내용은 거의 알아듣지 못했다. 영어도 영어지만 법문의 내용 자체가 나에겐 너무나 생소했다. 3년 동안이나 서옹 큰스님께 《임제록》과 원효대사의 《초발심자경문》을 배웠는데도 티베트 불교 문헌에 바탕을 둔 법문은 하나도 알아들을 수가 없었다.

내가 할 수 있었던 것은, 비가 오나 눈이 오나, 바람이 부나 천둥이 치나, '야단법석'이 있는 날에도 끈질기게 자리를 지킨 것이다. 가끔 달라이 라마께서 하루 종일 앉아 있는 나를 쳐다보며 '너 못 알아듣지? 다 안다' 하는 뜻으로 놀리듯 웃어주실 때조차도 나는 행복했다.

그런데 어느 날부터인가, 나는 티베트어로 하시는 달라이 라마의 법문을 한국어처럼 알아들을 수 있게 되었다! 이런 것을 언어통言語通이라 하던가. 그것은 분명코 달라이 라마의 능력이 었으리라. 나는 몇 년 동안 넋을 잃은 채 달라이 라마의 법문에 빠져 있었다.

수십 년 동안 책 쓰기를 미뤄오다가 이제 와서 쓰는 이유는, 이제는 그 모든 외적 내적 비밀을 이해하게 되었기 때문이다. 인도라는 나라에서 '천연계'의 움직임을 이해하게 되고 카르마를 포함한 불교의 원리를 공부한 것이 지금의 나를 더욱더 안전하게 함을 느낀다.

붓다는 말씀하셨다.

이 우주에서 인간으로 태어나는 것은 참으로 드문 일이다. 다르마(법)를 듣는 것은 더 드문 일이다. 그 가르침을 받아들이는 것은 더 드문 일이다. 그 가르침에 따라 행동하는 것은 한층 더 드문 일이다. 그 가르침의 진실을 깨닫는 것은 한층 더 드문 일이다. 깨달음에 대해 듣는 것조차 이미 더없이 드문 선물이다. 일찍이 깨달음에 대해 들은 사람은 그 어떤 것에도 만족하지 않는다.

티베트 스승 라마 툽텐 예셰는 말씀하셨다.

무수한 기회 중에서 생명을 얻은 것은 보석이 섬에 흩어져 있는 것과 같으니, 빈손으로 있지 말라. 그대가 죽을 때 행복이 바탕이 되고 궁극적인 해탈을 얻을 수 있는 값진 것을 잡으라. 이 기회를 허비하지 말고 빚을 늘리지 말라. 장차 다시는 이러한 태어남이 없을 것이기 때문이다.

달라이 라마의 법문 가운데 내가 가장 치중하고 잘 알아들은 것은 탄트라의 가르침이었다.

'승乘'이라는 것과 불교의 학파를 잘 구분해야 한다. 이 전통 용어들의 의미가 복잡하게 서로 겹쳐 사용되고 있기 때문이다. 붓다의 가르침을 따르는 무리에는 두 가지 주된 승, 즉 소승과 대승이 있다. 둘의 근본적 차이는 종교적인 열정의 본질에 관한 것이다. 소승을 따르는 무리는 윤회로부터 벗어나기 위해 수행하지만, 대승을 따르는 이들은 다른 중생을 해탈시키기 위해 성불하고자 한다.

불교는 교리에 따라 네 가지 학파로 나뉘는데, 내가 제일 잘 알아들었던 것은 유식학파唯識學派에 대한 내용이었다.

불교의 여러 전통에 대한 올바른 이해를 통해 그 전통들 사이의 상호존중을 가능케 한다는 점에서 티베트 불교는 중요하다. 특히 탄트라 가르침 금강승金剛乘은 원초적인 마음을 깨닫는 데 신속하고 그 기법이 다양하여 지혜와 방편을 완벽하게 결합하고 있다는 점에서 대승보다 뛰어나다. 금강승은 신격神格 요가로서, 인간의 내적 요소를 전환시키는 기법을 특히 중시하고 완전한 깨달음으로 직접 접근하는 데 뛰어난 점이 있다.

탄트라는 외적 수련이나 내적 수련을 강조하는 정도에 따라 네 가지 탄트라 계율로 나뉜다. 그중 요가 탄트라는 내적 수련을 강조하고, 아누타라 요가 탄트라는 최고 수준의 내적 수련을 강조한다.

탄트라 수행에 들어가는 특별한 의식 혹은 입문으로 탄트라의 힘을 스승에게서 전수받는 관정灌頂이 있다. 여러 가지 요가 행법을 겸하면서 신격 요가를 점차 닦아 나가야 하는데, 이것을 수행함으로써 고차원적인 요가에 필요한 집중력을 기를 수 있다. 일상적인 마음을 원초적인 깨달음으로 전환시키는 수행법이 아누

타라 요가 탄트라이다.

이런 법문들을 귀로 듣기는 했지만 그때는 몰랐고, 지금은 이해한다. 그리고 수행한다. 그래서 나는 명상을 선택했다.

내면의 소리를 듣고 내면의 형상을 보는 라마 툽텐 예셰가 티베트의 라마들에게 말했다.

가만히, 조용히 들으면, 뇌의 소리가 들린다. 나에게는 늘 상당한 소리가 있다. 때로는 내적 공간으로부터 믿기 어려운 음률들을 들을 수 있다. 이것은 자연스러운 사실이다.

실제로 라마들은 명상할 때 이런 소리들을 듣는다. 그래서 많은 라마들이 앉아서 오른쪽 귀를 막고 명상한다. 그 소리는 신비해서 보통 사람이 내는 소리와는 같지 않다. 부처님도 오른쪽으로 누워 열반에 드셨다.

우리의 언어가, 그 관념의 유희가 더 이상 갈 곳이 없게 되면, 그때 우리는 깊은 침묵에 들어간다. 그리고 영혼은 이렇게 말한다. '바수데바(신)는 모든 것이다.'

《바가바드 기타》는 말한다.

당신은 모든 것이다.
모든 것이 당신 속에 있다.

언어와 사고의 한계를 깨닫고 여기까지 오기 위해, 나는 얼마나 많은 시행착오를 겪으며 살아왔던가….

영휘, 그리고 리처드 기어

홍콩에서 인연이 있었던 부잣집 아들 영휘가 수영을 하다가 경추를 다쳐 식물인간이 되었다는 소식이 들려왔다. 미국으로 건너가 1년 넘도록 투병 생활을 한 끝에 목발에 의지해서 조금은 움직일 수 있게 되었다며 나를 만나러 인도로 오겠다고 했다.

뭄바이 공항에 도착해 영휘를 기다리면서, 인도로 오라고 생각 없이 했던 말을 곧장 실행에 옮긴 아이를 보며 후회가 들기도 했지만, 웃으면서 다가오는 영휘에게 아무 말도 할 수가 없었다.

"선생님, 놀라셨죠?"

첫마디를 던지는 영휘의 목발 짚은 모습에 나는 정말로 놀랐지만 "근사한데!" 하고 답해주었다.

영휘를 데리고 처음으로 찾아간 곳은 뭄바이에서 가까운 푸네 아헹가 스쿨이었다. 아헹가는 세계적으로 유명한 요가 스승으로서 더 설명이 필요 없는 분이다.

학교로 들어가는 입구에 아헹가가 나와 계셨다. 흔들거리는 다리를 크러치에 의존해 걸어가는 영휘에게, 아헹가가 긴 막대기를 내밀었다.

"크러치 놓고 이거 잡고 따라와."

놀라서 하얗게 질린 영휘를 보면서 내가 도울 수 있는 것이 하나도 없다는 것을 알았다. 긴 막대기, 흔들리는 하체, 그리고 스승 아헹가… 누가 보아도 그림이 심란했다.

아헹가가 다시 한번 큰 소리로 말했다.

"이 막대기를 잡고 나에게 와!"

영휘가 계속 머뭇거리자 하늘을 찌르는 듯한 소리로 다시 말한다.

"이걸 잡고 나에게 와!"

영휘는 돌처럼 서 있었다. 꼼짝 않고 서 있는 아이에게 아헹가가 말한다.

"나를 믿지 않으려면 왜 왔어? 빨리 이걸 잡고 따라와!"

내가 영휘에게 작은 소리로 말했다.

"영휘야, 죽어도 된다 생각하고 그냥 해봐."

마침내 영휘가 긴 막대기를 잡고 움직이기 시작했을 때, 아헹가가 뒤로 몇 발짝을 따라서 물러섰다. 영휘도 같이 움직였다. 주변에 모여 있던 가족들과 아헹가의 제자들이 함성과 함께 손뼉을 치며 기뻐했다. 영휘 자신도 놀랐을 것이다.

이후 영휘는 한 달 동안 메디컬 요가 개인지도를 받았다. 그 사이 크러치가 긴 지팡이로 바뀌었다. 메디컬 요가의 효과는 놀라웠다. 영휘는 스스로 할 수 있는 몇 가지 행법들을 수없이 복습했고, 나도 한 달 내내 함께 수업을 받았다. 개인지도를 베푸는 아헹가의 사랑은 모든 이들을 감동케 했다.

다음으로 우리가 움직여 간 곳은 달라이 라마가 계신 다람살라였다. 달라이 라마를 처음 친견한 영휘는 내가 처음에 그랬던 것처럼 울음을 쏟아냈다. 너무 많이 운다.

친견 후 방을 나오는 우리에게 달라이 라마 주치의가 내민 것은, 예전에 내가 먹었던 것과 같은 생약 열 알이었다. 일주일에 한 알씩 먹으라는 말을 우리 둘 다 흥분하여 잘못 알아듣고 매일 한 알씩 먹었다. 매일 아침식사 후 밖으로 나가 두 시간씩 산책을 했다. 약의 효과는 역시 놀라웠다. 어떻게 그렇게 많은 변이 쏟아져 나올 수 있는지…. 매일 그런 정화를 겪으면서도 영휘는 체중이 줄거나 기운이 빠지기는커녕 건강하고 생기가 넘쳤다.

우리는 매일 링 린포체 사원으로 산책을 다녔다. 올라갈 때는 영휘 스스로 올라갔고, 내려오는 길은 비탈이라 위험해서 그 큰 몸집을 등에 업고 내려왔다. 도대체 그 힘은 어디서 나왔을까?

일주일간 진행되는 달라이 라마의 법회가 시작되었다. 나는 영휘에게, 내 자리는 맨 앞줄이니 너는 뒤에 일반인들과 앉아서 들으라고 했다. 첫날 법회가 끝났을 때 영휘가 나에게 물었다.

"선생님 옆에 앉은 분, 누군지 아세요?"

"그 외국인 아저씨? 몰라. 나처럼 법문 들으러 오셨겠지."

영휘가 환희에 찬 목소리로 말했다.

"리처드 기어예요."

"리처드 기어가 누구야?"

미국의 유명한 영화배우란다.

"그래서?"

"아니, 선생님. 저렇게 유명한 사람이 누군지도 모르고 옆에 앉아 계세요?"

"글쎄. 몇 년째 보지만 그냥 마음씨 좋은 미국 아저씨인가 했어. 그래서 어쩌라고?"

다시 물었더니, 사인을 받아 달란다.

"이놈 봐라? 너 아헹가한테서 그 고마운 치료를 받고, 달라이 라마께 그 큰 은혜를 받고도 사인 얘기는 안 하더니, 영화배우한테 사인을 받아 달라고?"

가슴이 답답했지만 역시 나이는 못 속이는구나 싶었다. 당시 영휘는 미국에 있는 대학교 신입생이었다.

다음 날, 옆에 앉은 리처드 기어한테 물었다.

"당신이 그 유명하다는 영화배우 리처드 기어입니까?"

그랬더니 좀 황당해하면서 되묻는다.

"몰랐어요?"

내가 되물었다.

"그럼 당신은 내가 누군지 알아요?"

"티베트 부잣집 딸인 줄 알았는데, 옆에서 미스코리아라고 말해줘서 같이 웃었어요."

"당신이 생각하고 있는 미스코리아가 아닌 건 아시죠?"

우리는 금세 어린아이처럼 친해졌고, 나는 곧바로 사인을 부탁했다. 그가 해준 사인은 서너 장쯤 되었다.

나중에 미국 대학으로 돌아간 영휘는 주변 사람들을 두 번 놀

라게 했다. 대체 크러치는 어디로 갔으며, 게다가 리처드 기어의
사인이라니….

티베트에서 온 의사

티베트에서 의술 린포체가 오셨다며 다람살라가 떠들썩하다.
의술 린포체는 1년에 한 번씩 다람살라에 거주하는 티베트인
들을 위해 치료를 한다. 이분이 머무는 사원 앞에 티베트인들이
새벽부터 줄을 잇는다. 그 시절 다람살라는 열악했다. 인도 병원
이 있었지만 규모가 작았고, 사람들은 가난했다. 그래서 의술 린
포체가 오시면 새벽 5시부터 오후 5시까지 줄을 서서 기다리며
치료를 받는다. 진료가 끝나면 어둑한 밤 10시가 넘는다.

마침 영휘가 와 있는 때여서 우리도 가서 줄을 섰다. 시봉자
가 다가와 앞으로 오라고 했지만, 우리는 줄 서 있는 광경도 재
미있고 다른 사람들에게 미안하기도 해서 그대로 줄을 서서 순
서를 기다렸다.

거의 하루 마감 즈음에서야 린포체 앞에 갈 수 있었다. 체구
는 작지만 뚱뚱하고 거인 같은 느낌이다. 가까이서 보니 환자를
쳐다보지도 않는다. 허술한 나무 식탁에 경전과 차를 마시는 컵
이 놓여 있다. 환자가 앞에 앉으면 힐끗 보고 경전 읽고, 그리고

버터 차 한 모금을 마시고를 반복한다.

영휘 차례가 오자 바닥에 엎드리라고 한다. 우리는 놀랐다. 엎드리라니? 그러나 이미 얼마나 많은 기적을 경험했던가. 그래도 두려웠는지 영휘가 쭈뼛거리면서 바닥에 엎드렸다. 엎드려 있는 영휘를 한번 쳐다보더니 경전 읽고, 버터 차 한 모금 마시고는 한 발로 영휘의 등을 밟는다. 아, 하느님, 또 무엇을 보여주시려고 이러시나이까….

저러다 몸이 부서지면 어쩌나 겁을 먹고 있는 나에게, 영어를 할 줄 아는 시봉자를 시켜 말씀하신다. 내일 새벽 5시부터 3일간 당신 곁에 오라고. 엉? 왜 나를…? 그러나 다음 순간 튀어나온 대답은 '네'였다. 나의 세포들은 내 두뇌의 움직임보다 먼저 알고 있는 것들이 많은 것 같다. 나는 순종이 얼마나 귀한 것인지도 알고 있다.

다음 날부터 사흘 동안 나는 의술 린포체 옆에 앉아 모든 치료 과정을 지켜보았다. 온갖 생각과 마음 너머, 개념의 유희나 감정 따위가 전혀 없는 나라에서 3일을 살았다. 경전 읽고, 환자 힐끗 보고, 버터 차 한 모금 마시고, 또 경전 읽고… 말 한마디 없다. 약도 침도 없다. 그의 혀가 모든 병을 치료하는 유일한 도구이다. 각양각색의 환부를 혀로 핥아주신다. 아픈 부위가 어디여도 상관없었다. 귀에 고름이 잔뜩 끼어서 온 할아버지, 관절염으로 다리를 끌고 다니는 아주머니, 피고름이 잔뜩 낀 피부병으로 온 젊은 남자, 발가락 사이가 짓물러 터진 어린 소녀…. 아… 나는 얼굴을 돌리고, 찡그리고, 헛구역질하고, 못마땅해하고, 오금이 저리고, 심장이 멈추는 별별 경험 속에서 하루를 보냈다. 첫날은 비위가 상해서 하루 종일 굶었다. 물도 마실 수가 없었다.

다음 날 새벽에 또 갔다. 그분 옆에 무릎을 꿇고 앉아 마음을 가다듬었다. '이것이 축복이다, 이것이 축복이다' 되뇌면서…. 그러나 느껴지는 것은 여전히 역겨움과 메스꺼움뿐이었다. 그러는 내가 싫어서 눈물이 났다. 눈물을 훔치는 나를 린포체가 힐끗 보시고는 가만히 등을 두드려주신다. 그리고 더 큰 소리로 경전을 읽고 또 읽는다.

저녁 즈음 내 위장은 좀 조용해지고 뇌는 쉬는 듯했다. 밤 10시쯤 되어서 끝나고 영휘가 기다리고 있는 호텔로 돌아왔다. 영휘가 자꾸 묻는다. 뭐 했느냐고. 나는 한마디도 못하고 그냥 잤다.

다음 날 새벽 다시 린포체께로 갔다. 마지막 날이다. 린포체를 시봉하던 팀은 스위스 헌신자들이었다. 이 시봉자들이 유별나게 아는 척을 많이 한다. 내가 하루도 못 견딜 줄 알았나 보다. 마지막 날이라 그럴까? 사흘 동안 안 빠지고 오는 나에게 더 많이 친절하다. 한 모금도 못 마시던 물과 차가 내 앞에 놓였다. 이제 그걸 봐도 괜찮다.

끝이 안 보이는 환자들… 중간쯤 서 있던 영휘가 린포체 앞에 와서 엎드린다. 이제는 안 아픈가 보다. 가난한 사람도 오고, 죄지은 사람도 오고, 더럽고 굶주린 사람도 온다. 올 수 없을 만큼 불결한 이는 없다. 있는 그대로의 모습으로 오는 이들을 린포체는 아무런 거리낌 없이 혀로 핥는다. 그리고 그들은 낫는다. 이 비밀스러움을 두려워 말자. 이 비밀스러움을 너무 비밀스럽다고 하지 말자.

그날 저녁, 모든 환자들이 돌아간 뒤 나는 린포체 옆에서 그 의술의 비밀을 체험했다. 사원으로 들어가 린포체와 함께 처음으로 환자 없이 마주 앉았다. 궁금한 걸 물으라신다. 나는 아는 것도 없었고, 물을 것도 없었다.

"없습니다."

그랬더니 웃으시며 궁금한 걸 물으라고 한 번 더 말씀하신다. 뚫어지게 쳐다보는 린포체의 눈을 바라보며 내가 물었다.

"결혼을 해야 됩니까, 안 해야 됩니까?"

3일씩이나 그 비밀스러움을 경험한 내가 고작 한다는 질문이 이것이었다. 린포체가 웃으셨고, 나 스스로도 당황스러웠다. 왜 그런 걸 물었을까? 내 안 깊은 곳에 무엇이 있기에 그런 말이 나왔을까? 당황스러워하는 나를 바라보며 뭐라 답을 해주셨는데, 나는 지금도 기억하지 못한다. 아니, 사실은 한마디도 들리지 않았다.

그 순간 나는 내가 나를 얼마나 기만하고 있었는지를 보았다. 내가 얼마나 '척'하고 있었는지를 보았다. 영적 수행? 거짓이고 기만이다. 나는 여전히 마음과의 치열한 전쟁에서 죽어가고 있었다.

영휘는 다람살라에서 나와 함께 석 달을 지내는 동안 크러치가 두 지팡이로, 두 지팡이가 하나의 손지팡이로 변하여 혼자 돌아갔다. 영휘가 손지팡이 하나에 의지해 새까맣게 그을린 얼굴로 홍콩 공항에 도착했을 때, 크러치 짚은 아들을 기다리고 있던 부모와 가족들은 아무도 그를 알아보지 못했다고 한다. 그리고 조금 뒤, 공항에서는 대성통곡하는 부모님과 몰려든 구경꾼들로 한편의 영화 같은 장면이 연출되었다. 영휘는 홍콩의 교포 신문에 실린 인터뷰에 자신의 인도 경험을 이렇게 얘기했다.

"아헹가 스승님의 메디컬 요가 치료의 기적인지, 달라이 라마의 기적적인 축복인지, 티베트의 의술과 생약의 영험인지, 문 선생님의 정성인지, 어느 것인지 알 수 없지만 나는 살아 돌아왔습니다."

영휘가 미국으로 돌아갔을 때 가장 크게 놀란 것은 의사들이었다고 한다. 1년 넘도록 특수치료를 받았는데도 큰 차도가 없던 몸에 단 4개월 만에 그런 변화가 일어난 것은 기적이라 했다. 놀란 사람들은 또 있었다. 대학 친구들은 육체적인 변화보다도 리처드 기어를 만난 것과 그의 사인을 받아 온 것이 더 큰 기적이라고 했다.

이런 드라마 같은 이야기를, 기적 같은 사실들을 나는 수도 없이 경험했다. 그간 글을 쓰지 못했던 것은, 글로 다 표현할 수가 없었기 때문이다. 이제 와서 쓰는 이유는, 세월이 많이 흘렀고, 글로 다 못 쓰면 말로라도 이해시킬 수 있게 되었기 때문이다.

영휘의 용기에 박수를 보내고 싶다. 영휘는 요즘도 방학이나 휴가 때 작은 지팡이 하나를 짚고 다람살라를 찾는다고 한다.

간디는 말했다.

폭풍우가 몰아쳐도 배의 키를 단단히 붙들고 있으면 안전하듯이 마음이 당혹하거나 불안할 때 하느님의 이름에 의지하라.

기독교인은 하늘에서 하느님을 보고, 불교인은 남쪽에서 하느님을 보고, 무슬림은 서쪽에서 하느님을 본다. 나는 지금 내 가슴 안에서 하느님을 보고 있다. 지성의 눈을 통해서는 신을 볼 수 없다. 신은 오직 영혼의 눈을 통해서만 보인다.

지눌 선사는 말했다.

그대들은 열성을 가져야 한다. 불법을 따르는 것이 너무 어렵다고 실천하지 않으면, 과거에 좋은 업을 쌓았다 하더라도 버리는 것이 된다. 어려움은 더해가고, 목적지는 멀어져 갈 것이다. 지금 그대는 보석으로 가득한데, 어찌 빈손으로 돌아가겠는가? 인간의 몸을 잃으면 다시 기회를 회복하기 어려울 것이다.

어머니의 전시회

나는 어머니가 두 분이다. 이 생에서 아버지가 주신 큰 선물이다. 낳아주신 분께는 '김 선생님'이라는 호칭을 썼고, 길러주신 분은 '엄마'라 불렀다. 김 선생님은 대학교수였고, 엄마는 현모양처였다.

김 선생님은 인도에 빠져 헤어 나오지 못하는 딸을 무척이나 궁금하게 여겨 인도에 오고 싶어 하셨다. 이분이 딸내미도 보러 올 겸, 인도에서 당신의 작품 전시회를 하자고 했다. 나는 간도 크게 작품 전시회를 계획했다. 델리에 있는 달라이 라마 오피스 Bureau of His Holiness the Dalai Lama를 찾아가 왕디께 사정을 얘기하고, 인도에 나와 있는 불교 국가들에 초청장을 보내고 달라이 라마께서 오프닝을 하시는 행사를 하고 싶다고 말씀드렸다. 왕디는 점잖게 웃으시며 그것이 가능하다고 생각하느냐고, 또 달라이 라마께서 허락하셨느냐고 물었다. 나는 떼를 쓰다시피 했다. 달라이 라마께는 내가 허락을 받아 올 테니, 왕디께서는 대사관에 초청장을 보내달라고 했다.

참 점잖은 티베트인인 이 왕디는 훗날 티베트 외무부 장관이 되었다. 델리에서 맺어진 인연이 지금까지 이어져 오는 동안 수많은 도움을 주셨는데, 이제는 은퇴하고 캐나다에서 딸과 함께 노후를 보내고 있다. 오래전에 한 파티에서 누군가가 나에게 어떤 사람과 결혼했으면 좋겠느냐고 묻길래 '왕디'라고 대답해서 그분을 당황하게 한 적도 있다. 그분은 당황했겠지만, 부인과 사별한 뒤 오랜 세월 동안 혼자 살아온 서글픔과 함께 나랏일만 하는 품격 있는 모습이 멋있어 보였다. 특히 티베트 전통 복식을 한 모습이 너무나 좋았다.

정말 놀랍게도, 달라이 라마께서 오프닝을 해주시기로 했다는 연락이 왔다. 달라이 라마 오피스의 티베트인들은 놀라고 당황스러워하면서, 나를 한국에 큰 배경을 갖고 있는 사람으로 여기는 것 같았다. 나에게는 다만 달라이 라마께서 내 부탁을 들어주시리라는 믿음뿐이었다. 믿는 대로 되리라… 믿는 대로 해주신다 하지 않았던가.

장소는 아쇼크 호텔. 인도 정부가 경영하는 호텔로, 달라이 라마께서 델리에 계실 때에는 늘 이 호텔을 사용하신다. 호텔로서는 이 행사가 엄청난 사건이었다고 한다. 기간은 이틀. 나로서는 오프닝만 중요했지, 그 다음 순서나 결과에 대해서는 계획한 것이 하나도 없었다. 사람들은 정말로 달라이 라마가 오시는 건지, 의심 반 호기심 반이었다. 결국 그날 달라이 라마께서는 오셨다. 나는 믿었지만, 다른 사람들은 거의 믿지 않았었던 것 같다.

달라이 라마가 도착하셨다. 경호가 따로 필요 없었다. 작품 전시회는 안중에도 없었고, 호텔의 모든 직원들을 비롯해 달라이 라마를 뵙기 위해 몰려든 인파가 어마어마했다. 불교 국가 대사들이 대거 참석했고, 마지막으로 오신 분이 한국 대사님이었다. 그분이 나에게 물었다. 정말 달라이 라마께서 다녀가셨느냐고.

행사의 통역을 위해 한국인 유학생들이 대기하고 있었다. 그런데 이게 웬일? 달라이 라마께서 그 유능한 학생들의 통역을 물리치시고는 "I love your broken English" 하시면서 나를 부르는 것이 아닌가. 나는 숨도 쉴 수 없었고, 졸도할 것만 같아서 그저 달라이 라마를 바라만 보고 있었다.

달라이 라마는 특유의 장난기 어린 표정과 손짓, 말투, 에너지로 그 많은 사람들에게 통쾌하게 웃을 수 있는 기회를 제공해 주셨다. 내 머리를 쓰다듬어 주셨을 때, 몇 생을 살면서 소멸해야 될 업장이 녹아버린 것 같았다. 달라이 라마는 그렇게 두어 시간 동안 모든 이들을 기쁘게 하시고 회중을 두루 만나신 뒤 작품들도 보고 나가셨다.

김 선생님은 모든 작품을 티베트 정부에 기증하고 떠나셨고, 그 뒤로는 나에게 언제 돌아올 거냐고 묻지 않았다. 지금은 세상을 떠나신 그분께도 그 전시회는 이 생에서 받은 복 중에 제일 큰 복이 되었을 것이다.

행사 후 김 선생님과 나는 오로빈도 아쉬람에서 3일을 묵었다. 아쉬람 환경을 경험하고 싶어서 찾아간 것이었는데, 그곳에서 또 다른 인연을 만나게 되었다. 내가 처음 달라이 라마를 뵙고 몇 년쯤 흘렀을 때, 달라이 라마께서 구하기 어렵겠지만 7대 달라이 라마 자서전을 구해서 보라고 하신 적이 있었다. 나는 몇 년 동안 미친 듯이 인도의 모든 서점과 헌책방들을 숱하게 돌아다니며 책을 구하려고 했지만 구할 수가 없었다. 그런데 오로빈도 아쉬람에서 만난 '찬드라'라는 시인이 나에게 선물로 준 책이 바로 내가 그토록 찾아 헤매던 7대 달라이 라마 자서전이었다! 이 책을, 이 시인을 통해, 이곳에서 만날 줄이야…. 하느님을 뵌 적도, 기억한 적도 없었지만 '하느님, 감사합니다' 하는 말이 절로 나왔다.

김 선생님이 한국으로 돌아가신 뒤 이 작은 책을 들고 자야의 집으로 갔다. 하루에 두 시간씩, 일주일을 번역하고 읽으면서 나는 마침내 알게 되었다. 나와 달라이 라마 사이의 대하드라마와도 같은 인연에 대하여….

쇼엔 사쿠 선사는 말했다.

자신의 내면으로 들어가면 신들을 경험할 것이다.
'그것'이 너무 감춰져 있거나 비밀스럽다고 생각하지 말라.
단지 그대가 명상을 훈련한다면 내가 말한 것을 알게 된다.

나는 긴 시간 동안 명상했다.

감기 치료

어느 날 법회 때 달라이 라마께서 기침에다 콧물에다, 법문하시기가 어려울 정도로 코감기가 심하셨다. 나는 법문을 마치고 나오시는 입구에서 달라이 라마를 기다렸다.

"감기가 심하신 것 같은데, 제가 낫게 해드리겠습니다."

내 말을 듣고는 크게 웃으며 되물으셨다.

"정말?"

나도 큰소리로 대답했다.

"예, 제가 할 수 있습니다."

"알았다."

그러고는 들어가셨고, 나는 개인비서가 나오기를 기다렸다. 비서가 나와서는 내게 어떻게 할 거냐고 묻기에 아직은 모르지만 3일이 걸린다고 하고 새벽기도가 몇 시에 끝나느냐고 물었다. 매일 2시에 시작해서 6시에 끝난다고 한다. 나는 6시 30분에 오겠다고 했다. 비서는 당혹해하며 7시에는 아침 공양하시고 또 기도 들어가시기 때문에 오전 11시까지는 아무도 친견할 수 없다고 했다. 나는 일단 내 이야기를 달라이 라마께 전하고 답을 달라고 했다. 기도 시간 끝나는 6시에 들어가서 한 시간이 필요하다고.

내가 어릴 때부터 보고 자란 것이 있다. 장군이셨던 아버지의 모습이다. 늘 누구에게나 예의를 갖추어 명료하고 단호하게 대했던 아버지의 태도를 나도 모르게 닮았는지 모른다. 달라이 라마의 코감기를 내가 치유시켜 드리고 싶었다. 그때까지 나는 내가 항상 행운아라고 믿고 있었다. 하지만 그것이 망상인 줄을 곧 깨닫게 되었다.

달라이 라마의 대답이 나왔다.

"오케이."

개인비서와 경호원들, 그리고 시봉자들과 직원들은 말이 안나올 정도로 놀란 것 같았다. 오케이라니? 3일 동안 새벽마다 달라이 라마의 코감기를 치료하기 위해 '미스코리아'가 그분의 거실로 들어간다? 다람살라 전체가 놀라며 쥐 죽은 듯이 조용해졌다. 소문은 소리 없이, 그러나 삽시간에 퍼져나갔다. 온 동네의 티베트인들이 나를 보고 목례를 한다. 할아버지 할머니들은 나에게 경의를 표한 뒤 손을 잡으신다.

다람살라를 가본 사람이라면, 아니면 티베트인들과 관계를 맺어본 사람이라면 다 알 것이다. 이분들에게 달라이 라마가 어떤 존재인지···. 그들의 표정은 천사이다. 모두가 천사들이다. 그들의 순수함은 하늘에 닿는다. 달라이 라마를 향한 존경과 순종

또한 하늘에 닿는다.

다음 날 이른 시간에 시봉자가 찾아왔다. 그를 따라서, 늘 친견하던 법당을 지나고 다시 큰 거실을 지나 한 번도 와본 적이 없는 넓은 공간을 지나 안으로 들어갔다. 양쪽으로 경호원들과 시봉자들이 서 있다.

달라이 라마가 나오시면서, 늘 그랬듯이 유쾌한 웃음으로 맞이해주신다. 나는 경호원들과 시봉자들을 나가게 해달라고 했다. 달라이 라마가 그들에게 괜찮으니 나가 있으라 하셨고, 경호원과 시봉자들이 근심 가득한 얼굴로 달라이 라마와 나를 번갈아 쳐다보며 물러났다.

내가 시술한 것은 네티Neti였다. 오래전부터 내려오는 요가 수행법의 하나로 호흡기 계열, 특히 코와 관련된 질병들을 치료하는 도구이다. 해본 사람이라면 알겠지만, 처음 배울 때 얼마나 재미있는 모습인가.

나는 상대가 이미 각성 단계에 계신 달라이 라마라는 사실을 잊고 있었다. 그런 상대에게 뭔가를 가르치려 하는 내 꼴이 우스울 수밖에⋯. 아니면 이미 알고 계시는 것을 모르는 척, 처음 배우는 아이처럼 그리 천진하게 웃어주셨으리라. 그 웃음소리에 경호원들과 시봉자들이 모여들었다. 달라이 라마는 "자네들도 한번 해봐" 하며 놀리시고는 괜찮으니 나가 있으라고 다시 말씀하셨다. 아마 달라이 라마께서 이렇게 속절없이 웃어보시는 것도 드문 일이 아니었을까 싶다. 성인들 특유의 성향과 기질을 나는 안다. 흉내라도 내서 닮아 가야 한다.

다음 날 새벽 경호원이 나를 데리러 왔다. 우리는 아무 말 없이 길을 걸었다. 나는 환희심으로 충만해 있었고, 경호원은 두려움으로 가득 차 있었을 것이다. 우리는 숨소리 하나 내지 않고 걸었다.

다른 것은 할 줄 모르니, 다시 네티를 했다. 달라이 라마께서 물과 소금 등 모든 것을 준비해놓고 기다리고 계셨다. 이제는 시범을 보일 필요가 없어서 달라이 라마께서 직접 하실 수 있도록 도와드렸다. 내일은 뭘 하느냐고 물으시길래 아직은 모르겠다고 말씀드리니 그냥 또 웃으신다.

그날도 법회를 하셨는데, 네티를 하시기 전보다 증세가 더 심해져서 나는 죽고 싶을 정도로 민망했다. 왜 더 심해지는 걸까? 그래도 꾸준히 하시라고 해야지….

다음 날, 약속했던 3일째이다. 한 번 복습한 후에 한 이틀 정도 더 하셨으면 좋겠다고 말씀드렸을 때 달라이 라마께서 "이제 됐다" 하시는데 왜 그리 부끄럽고 민망했는지…. 나의 속마음을 알아차리셨나? 이 일은 지금까지도 내 인생에서 가장 부끄러운 사건 중 하나로 남아 있다.

라마 크리슈나가 아르주나에게 말했다.

행위와 사고를 통해서 '그'의 응접실까지는 들어갈 수 있다.
가슴과 복종을 통해서 '그'의 침실까지 들어갈 수 있다.

나는 달라이 라마를 평생 곁에서 모실 수 있는 길이 뭘까 여러 가지로 고민했었다. 달라이 라마께서 움직이실 때마다 인도 정부의 경호 차량들이 나와서 호위를 한다. 나도 그 차 뒤를 따라다녔다. 운전기사를 하면 항상 그분을 모실 수 있지 않을까 하는 생각에 한국 면허증을 국제면허증으로 바꿔서 갔지만 안 된다며 웃으셨고, 경호원이 되면 좋지 않을까 싶어서 한국으로 나와 정말 열심히 태권도를 배워서 노란 띠까지 땄다. 하지만 외국인은 안 된다고 하셨다. 검도를 배운 것도 오로지 그분을 보호하기 위해서였다. 그러나 그때마다 나는 퇴짜를 맞았다. 뭐가 잘못된 걸까?

정해진 길

'라마lama'라는 티베트어는 산스크리트어 '구루guru'를 번역한 것으로, 영적으로 완성된 이를 뜻한다. 깨달음이라는 목표로 인도할 수 있는 영적 스승, 즉 라마가 될 수 있는 자질에 대해 기본 전승은 다음과 같이 말한다.

우선 라마는 최소한 부동성과 학식이라는 두 가지 특질을 지녀야 한다. 부동성은 비구계를 적어도 10년간 충실히, 그리고 끊임없이 지키는 것을 말한다. 학식이란 삼장三藏과 출가 의식을 집전할 수 있는 심오한 지식을 갖추는 것을 말한다.

대승 가르침에 따르면 라마는 열 가지 자질을 지녀야 한다. 계율을 지켜야 하고, 명상을 수행해야 하고, 분별할 수 있는 지혜를 닦아야 하고, 제자보다 나은 학식과 깨달음을 얻어야 하고, 노력을 다해 자신과 다른 이들의 궁극적인 목표를 성취하는 데 헌신해야 하고, 삼장에 대해 깊은 지식을 갖추어야 하고, 현상의 본질, 즉 공성空性을 이해하고 제자들을 가르칠 기술이 있어야 하고, 제자와 모든 중생에 대한 자비심을 가져야 하고, 제자들을 위해 자신이 당면한 어려움에 좌절해서는 안 된다. 만일 세상이 타락해서 이러한 라마를 찾을 수 없다면 최소한 여덟 가지 자질을 갖춘 라마를 찾는다.

탄트라 승에 따르면 라마는 대승에서 말하는 일반적인 자질 외에도 탄트라 스승으로서 몇 가지 특별한 자질을 갖춰야 한다. 영적인 스승을 찾고자 하는 사람은 우선 경전 속에 나타나 있는 이러한 자질들을 갖춘 사람을 발견해야 한다. 이러한 자질들을 갖추고 환생한 라마들을 린포체라 한다.

어느 해인가 달라이 라마께서 라마들을 다람살라에 초청하셔서, 달라이 라마를 비롯한 500여 명의 티베트 린포체들이 한곳에 모이게 되었다. 린포체들이 모인다는 소식을 어찌 알았는지 세계 방방곡곡에서 수많은 미디어가 모여들었다. 그중 20여 명만이 회의장에 초대를 받았는데, 나는 한국 사진작가로 참석했다. 물론 사진기도 없었고 사진을 찍을 줄도 몰랐으나, 나는 그 웅대하고 놀라운 에너지 속에 있을 수 있었다. 열 살도 안 된 린포체부터 아흔이 넘은 원로에 이르기까지 수백 명의 린포체들이 한데 모여 있는 행사장은 놀라운 에너지를 발산했다.

행사장에는 두 왕사인 링 린포체와 트리장 린포체도 참석해 있었다. 이 링 린포체가 훗날 내가 업고서 한국을 방문하게 되는 그분이다. 노구를 끌고 온 라마들이 열 살도 채 안 된 왕사 린포체들에게 목례하고 경의를 표하는 태도는 놀라운 전통이었고, 지켜보던 외국인들에게는 신기한 뉴스거리가 되고도 남았다. 트리장 린포체는 그 어린 나이에 어찌 그리도 존엄할 수 있는지… 이분을 뵐 때마다 나는 저절로 깊은 평화 속에서 침묵하게 된다.

이 두 분이 달라이 라마에게 불교철학을 가르치는 스승으로, 달라이 라마의 첸레지그(chenrezig, 관세음보살) 화신을 찾는 일에도 중요한 역할을 한다. 승왕의 교육은 6세부터 18세까지 계속된다. 1951년 달라이 라마는 관세음보살의 관정灌頂을 내렸고, 57년에는 칼라 차크라 관정을 내렸다고 기록되어 있다. 16세 되던 해에 티베트는 중공의 침략 위협을 받게 되는데, 이때부터 달라이 라마는 비구이면서 정치적인 권력을 행사하게 되었다.

행사에서 달라이 라마는 나라에 대해, 국민에 대해, 그리고 앞으로 일어날 일들에 대해 연설하셨다. 내 귀에 들린 것은 당신이 여러 생을 이어오면서 지금 14대 달라이 라마로서 육신적으로나 정신적으로 가장 건강하고 강인한 상태라고 하셨고, 수명은 언제까지라고 말씀하셨다.

이 행사에서 나는 영국 국립도서관장을 맡고 있던 나이 많은 영국 여인을 룸메이트로 만났다. 매우 똑똑하고, 예쁘고, 늘 바쁘고, 무엇인가 창조적이고, 고상한 여성이었다. 당시 나는 젊었고, 그녀에 비해 느긋했고, 아는 것도 없었다. 우리는 서로 말을 나눌 틈도 없이 각자 바쁜 이틀을 보냈다.

사흘째 되던 날 그녀가 나에게 물었다. 어떻게, 무엇 하러 여기 왔느냐고. 포토그래퍼 명찰을 달고 사진기도 없이 항상 앉아서 연설만 듣고 있던 내가 퍽 궁금했을 것이다. 기차를 타고 먼 길을 갈 때 우연히 옆에 앉게 된 사람… 종착역에 내리면 제 갈 길로 흩어질 인연… 전혀 모르는 그런 사람에게 우리는 아무 얘기나 할 수 있다. 그렇게 우리는 밤이 새도록 묻고 답하고 웃으며 시간을 보냈다.

마지막 날 달라이 라마께서 20여 명의 초청 미디어를 위해 다과회를 베풀어주셨다. 그런데 아, 이럴 수가…. 그 영국 여인은 둘이 밤새 나눴던 이야기를 그 똑똑한 영어 발음과 고상한 매너로 달라이 라마께 낱낱이 말씀드리고 있었다! 그 순간 나는 간밤에 잘못 내뱉은 말은 없었는지, 혹시라도 달라이 라마께 결례가 되는 말을 하지는 않았는지 불안한 마음이 일었다. 틀림없이 내 짧은 영어는 단순하고 토막나 있었을 텐데, 그것을 어찌 저렇게 소설같이 엮어내는지…. 그녀는 7대 달라이 라마 자서전에 관한 이야기까지 하면서, '코리아 문'이 들려준 이야기를 자기가 책으로 만들어서 내면 안 되겠느냐고 여쭙는 것이었다.

달라이 라마께서 다왈라(나를 이렇게 부르시는데, '달'이라는 뜻이다)한테 직접 물으라 하시고는 나를 쳐다보면서 "너는 어떻게 하고 싶으냐"고 물으신다. 특유의 장난기 어린 웃음과 우렁찬 목소리에 나는 당장이라도 쥐구멍을 찾아 숨어들고 싶었다. 절하듯 몸을 숙이며 "아닙니다" 하고 답했다.

그건 정말 아니었다. 그 긴 대하드라마를 어찌 글로 표현한단 말인가. 물론 카르마는 나의 노력과 상관없이 가기도 하고 오기도 한다. 나의 의도와는 상관없이 올 일이라면 올 것이고, 안 올 일이라면 몸부림쳐도 오지 않을 것이다. 특히 프라랍드prarabdh 카르마, 즉 숙명은 이미 지어놓은 것이기 때문에 결코 피해 갈 수가 없다.

창조주의 한 부분인 우리는 이 우주 속의 세상을 사는 동안 태어날 때마다 다른 옷을 입는다. 어느 때는 이런 모습, 어느 때는 저런 모습으로. 우리는 이 세상에 왔고, 이 세상을 떠난다. 이 우주는 출구와 입구가 있는 일터이다. 수많은 오고 감을 거쳐 다다른 이 생에서 이제 나는 윤회를 마감하고 싶다. 그래서 나에게는 명상이 필요하다.

감염병 속의 추모식

달라이 라마가 머무시는 곳이나 오피스를 보면 달라이 라마의 사진과 나란히 걸려 있는 또 하나의 사진이 있다. 그 주인공은 바로 간디이다. 어딜 가나 두 분의 사진이 함께 걸려 있다. 달라이 라마가 가장 존경하는 분이 간디이기 때문이다. 달라이 라마가 10만 명의 티베트인들과 함께 인도 다람살라로 망명을 선택했을 때 인도의 수상은 네루였다.

어느 해인가 인도에서 시작한 감염병 콜레라가 온 세계의 뉴스를 휩쓸던 때가 있었다. 그즈음 티베트 망명정부가 델리에서 간디 추모식 행사를 하기 위해 여러 불교 국가들을 초청했다. 나는 행사에 참석할 한국 팀을 맡았다. 태고종의 바라춤 팀 20여 명, 조계종의 음성공양 스님 세 분과 보조 협조자들까지 합해서 30여 명이 행사에 참석하기로 하고 준비를 하고 있을 때 콜레라가 닥친 것이었다. 출발하기 한 달 전쯤 태고종 스님들이 먼저 포기했고, 출발 2주 전쯤에는 음성공양 팀까지 못 가겠다고 한다. 행사일은 다가오고, 스님들은 못 가겠다 하고, 나는 가야 했다. 스님들이 그깟 콜레라가 무서워 못 가신다…? 겁쟁이라고 생각했다. 험한 전쟁터에서도 살 놈은 살고 죽을 놈은 죽는다. 막무가내식 생각은 아니었다. 달라이 라마가 하시는 행사였기 때문이다. 그분이 다 아시고, 다들 오지 말라는 전갈이 있지 않은 한은 가야 한다, 이것이 내 믿음이었다.

언론들은 왜 그렇게 호들갑을 떠는 것일까? 결국 다들 포기했고, 나 혼자 인도로 갔다. 혹시 몰라서, 춤출 때 입을 의상과 작은 오카리나를 챙겼다.

김포공항으로 들어서는 순간, 왜 사람들이 오기를 단념했는지 알게 되었다. 잘들 포기했다는 생각이 들었다. 공항은 더없이 한가로웠다. 출국심사대를 지날 때, 이런 상황에 왜 거기를 가느냐는 질문을 받았다. 나는 인도 유학생이라고 대답했다.

비행기는 텅텅 비어 있었다. 인도인들만 열 명 정도 타고 있을 뿐 외국인은 하나도 보이지 않았다. 내가 비행기 안으로 들어섰을 때 다들 놀라는 눈치였다. 나는 다 놓고 나 혼자 간다는 사실에 오히려 안도했다. 아무 일도 일어나지 않을 것임을 믿고 있었기 때문이다.

달라이 라마가 머무시는 아쇼크 호텔에 도착하니 행사 팀이 모여 있었다. 낯이 익은 경호원이 놀란 얼굴로 다가오더니 어찌 왔느냐고 묻는다. 한국에서 나 혼자 왔는데 다른 나라는 다들 왔느냐고 물으니 아직 나밖에 없다고 한다.

경호원을 따라 달라이 라마가 계신 방 앞으로 갔다. 그가 들어가 달라이 라마께 "외국에서 방금 한 사람이 왔습니다" 하니 예의 목소리가 들린다.

"코리아? 문?"

밖에서 내가 대답했다.

"네."

잘 온 것 같았다. 아무 생각 없이 정말 잘 온 것 같았다. 하느님을 뵙듯, 부처님을 모시듯, 나의 모든 세포가 움직이며 그분께 몸을 숙여 절했다.

다음 날 인도 내에 거주하고 있는 여러 불교 국가의 팀들이 어우러져 간디 추모식이 거행되었다. 외국에서 들어온 팀은 없었으나 그래도 참석자가 꽤 많았다.

델리에 있던 한국인 친구는 오카리나를 불었고, 나는 학춤을 추었다. 어릴 때부터 오카리나를 불었던 이 친구에게 혹시 몰라 가져간 오카리나를 건네주며, 네가 정성을 다해 불면 내가 그 소리를 따라 학춤을 추겠다고 했다. 그 친구가 10여 분간 아름다운 소리를 냈고, 나는 한 마리 학이 되어 음률을 따라 움직였다. 아마도 나는 어느 생에서 무희였을 것이다. 그 춤은 아름다웠으리라.

"왜 하필…?"

티베트 망명정부 안에는 티베트의 역사와 불교 연구를 위해 대학 역할을 하는 사원 외에 종교, 예술, 문화를 공부할 수 있는 여러 기구가 있다. 뉴델리에 있는 '티베트의 집'이라는 작은 박물관도 그 가운데 하나로, 이곳 책임자도 린포체이다. 이 린포체의 도움으로, 티베트의 역사가 담긴 국가보관용 흑백사진들을 모아 서울 인사동에 있는 추제화랑에서 한 달간 '티베트 역사 사진전'을 연 적이 있다. 한국 내에 티베트에 대한 인식도 정보도 그리 많지 않던 때였다. 인도에서 열렸던 생모의 작품 전시회 때 도움을 주었던 왕디가 당시 외무부 장관으로서 비서와 함께 이 전시회의 오프닝을 위해 방한했다. 색다르고 특별한 티베트 역사 사진전이었다.

전시회가 열리고 있던 어느 날, 나를 찾는 사람이 있다고 해서 전시장으로 갔다. 만나 보니 오래전 인도 한국대사관에서 근무했던 분이다. 인도에서 만났던 사람을 한국에서 보니 기분이 묘했다. 지금은 안기부에 근무하고 계신 분이 갑자기 왜 나를 찾아왔을까? 어쩐 일이시냐고 물었더니 아주 조심스러운 물음이 돌아왔다.

"왜 티베트 일을 이렇게 열심히 하시는 겁니까?"

내가 되물었다.

"결혼하셨어요?"

"네, 했습니다."

"왜 하필 그분과 결혼하셨어요?"

그제야 내 말뜻을 이해한 듯했다.

이 행사 이후 나는 중국 입국 금지 인물이 되었다. 그로부터 10년이 훌쩍 지난 어느 날 가족들과 함께 중국 여행을 했으니, 그때는 풀렸나 보다.

왜 우리나라는 티베트에 관해 중국 눈치를 그리도 보는 걸까? 왜 아직도 달라이 라마의 한국 방문이 허용되지 않는 것일까? 가까운 일본에는 여러 번 다녀오시는데 왜 한국은 비자가 나오지 않는지, 내 머리로는 알 수가 없다.

안기부는 전시회를 위해 방한한 왕디와 나의 동선을 훤히 알고 있는 것 같았다. '나라에서 하지 말라면 하지 말아야지.' 나를 찾아온 그분이 나에게 하고 싶었던 말이 이것이었을까?

이러한 조직이나 그들의 물밑 작업, 정보요원들의 활동 등은 나에겐 좀 익숙한 것이다. 나는 군인 집안에서 태어나 자랐고, 장군의 딸이다. 만약 나의 아버지가 장군이 아니었다면 나는 '회색분자'로 낙인찍혀 어딘가로 끌려갔을지 모른다. 내가 '시시한

게임'에 말려들지 않을 수 있었던 것은 아버지 덕분에 출생신분이 확실했기 때문이다.

전시회는 계획한 대로 잘 마무리되었다. 전시했던 작품들과 그 밖의 귀한 물건들은 모두 목아박물관에 기증하여 전시하도록 했다. 전시회가 끝난 뒤 아버지는 나에게 복잡한 일은 더 만들지 말라고 하셨다. 아버지 덕을 보았다.

우리에게 필요한 것

달라이 라마 승왕은 평화의 메시아로서 정신적으로나 정치적으로 세계적인 존경을 받는 분이다. 전 세계 곳곳을 방문하여 소박하면서도 심오한 강론으로 많은 사람들을 감동시키신다. 그분이 전하는 위대한 영혼의 메시지는 책임감과 자비심이 바탕이다. 누구를 만나든 오래된 벗을 만나듯이 대하고, 모든 이들에게 행복감을 주신다. 그분은 이것이 자비심의 실천이라 하셨다.

무도한 침략을 당하고서도 일관되게 비폭력주의를 고수하신 달라이 라마는 1989년 노벨 평화상을 받았다. 상을 받으신 뒤 《자비와 개인Compassion and the Individual》이라는 소책자가 나왔을 때, 그 책을 나에게 주시며 번역본을 만들어 한국인들과 함께 읽으라 하셨다. 나는 5천 권을 제작해서 인연 되는 많은 분들께 보시했다. 벌써 30여 년 전의 일이다. 이 책자는 '삶의 목적', '행복을 이루는 길', '우리는 사랑을 필요로 한다', '자비심의 함양', '우리는 어떻게 시작할 것인가', '친구와 적에 대해서', '자비와 이 세상' 등의 소제목들로 이루어져 있다. 책에서 달라이 라마는 말한다.

궁극적으로는 인류는 하나이며, 이 작은 행성이 우리의 유일한 안식처이다. 우리가 이 안식처를 보호하려면 각자가 보편적인 애타주의 의식을 경험할 필요가 있다. 성실하고 넓은 마음으로 자존감과 자신감을 가질 것이며, 다른 사람들을 두려워할 필요가 없다. 우리에게 필요한 것은 착한 인간성을 개발해 나가는 것이다.

평생에 걸쳐 오랫동안 정신적으로나 육체적으로 온 힘을 다하고 난 후 붓다는 마지막으로 쿠시나가르로 가셨다. 제자들에게 의문이 있는 것을 물으라고 하셨으나 누구 하나 질문하지 않았다. 부처님이 마지막으로 말씀하셨다.

"모든 현상은 멸한다. 자신의 해탈을 위해 부지런히 정진하라."

그리고 옆으로 누워 차례로 높은 단계의 선정禪定을 거쳐 평화의 상태, 열반에 드셨다.

달라이 라마는 말한다.

제 종교는 단순합니다.
사원에 가지 않아도 되고 복잡한 철학도 필요하지 않습니다.
우리의 머리와 가슴이 바로 사원이기 때문입니다.
친절함, 그것이 저의 철학입니다.

한국의 맛있는 김치를 그분께 공양드리고 싶다.

2

있는 그대로 보라

―――

고
엔
카

버마로 갔다. '사마타samatha'를 배우고 싶었다. 사마타가 명상의
또 다른 이름인 것을 그때는 몰랐다. 분석적 명상과 집중하는 명
상의 차이는 선택되는 대상이 아니라 적용하는 방법에 있다.

버마 하면 생각나는 오랜 벗이 있다. 그녀는 지금 어디에 있
을까? 나에게 세상의 고통을 호소했을 때, 위파사나를 배워보
는 게 어떠냐고 제의하자마자 버마로 떠난 친구. 그녀는 그곳에
서 위파사나를 배우고 한국 제일의 통역사가 되어 위파사나를
배우러 오는 한국인들에게 정성으로 통역 봉사를 했다. 그러나

그곳에서도 상처는 다 낫지 않았다. 카르마이니 어찌하랴. 어디 간들 내 것을 두고 갈 수 있겠는가.

그 후 몇 년이 지나 그녀가 한국에 왔을 때 우리는 열흘 정도 함께 있었다. 그리고 다시 버마로 돌아가 평생 나오지 않을 그곳으로 가서 사마타로 마무리를 하겠다고 떠난 친구. 20여 년이 흐른 지금까지도 아무 소식이 없다. 아마 성공했으리라. 치열한 마음 싸움을 거쳐 명상을 방해하는 것들을 이제는 모두 극복했으리라. 내적 성찰을 통해 집중시키는 명상의 본질을 통찰하고 끊임없는 노력으로 사마타에 정진하고 있을 것이다. 설마 저세상으로 가지는 않았겠지…. 고통에서 벗어나고자 했던, 해탈하고자 열망했던, 기나긴 세월 동안 벌였던 마음과의 치열한 투쟁에서 이제는 벗어났으면 좋겠다. 영적으로 행복했으면 좋겠다.

빛으로 기억된 시간

고엔카는 위파사나의 큰 스승이다. 당시 그분의 아쉬람은 열악한 시설에 불편함이 많았지만 위파사나의 대가를 친견하고 배우기 위해 많은 이들이 모여들어 있었다. 남자들은 남자의 길을, 여자들은 여자의 길을 따로따로 걸어 다녀야 했다. 그런데도 사람들은 무엇이 궁금한지 가끔씩 서로 옆길을 힐끗거렸다.

새벽 2시가 되면 2층 구조로 된 둥근 탑 모양의 실내에 사람들이 하나둘씩 자리를 잡고 앉는다. 새벽부터 많은 외국인과 인도인들이 함께 모여 명상을 한다.

새벽 명상이 끝날 때쯤, 어디선가 천상의 소리가 들려온다. 고엔카 스승님이 부인의 손을 잡고 둥근 탑을 돌면서 만트라를 하는 소리다. 두 분의 음성공양은 말할 수 없이 아름답다.

둥근 탑 아래에는 아주 작은 방들이 여러 개 있다. 개인 명상 수행 방이다. 3주를 계획하고 갔던 나는 2주가 지났는데도 아무런 느낌이 없어서 고엔카 스승님께 맨 아래층에 있는 독방을 신청했다. 나머지 일주일이라도 잘 하고 싶었다.

독방으로 내려갔다. 가부좌를 하고 명상할 수 있을 정도의 좁은 공간이었다. 들어가자마자 누워 잠을 잔 것 같다. 얼마나 잤는지 모른다. 잠이 든 것 외에는 기억이 없다.

몇 시인지는 모른다. 밖에서 웅성거리는 소리가 들렸다. 뭔가 심상치 않다. 무슨 일일까? 노크 소리가 들린다. 나와 보란다.

천천히, 아주 천천히 밖으로 나왔다. 많은 사람들이 웅성거리며 나를 쳐다본다. 명상하러 왔던 사람들이 전부 모여 있는 것 같았다. 무슨 일일까? 사람들 말이, 내 방에서 강한 빛이 나왔다는 것이다. 그래서 고엔카 스승님이 확인하신 뒤에 이 방에 묵고 있는 사람이 누구인지 물으셨다고 한다. 빛이라니…?

사무실에서 그 지역의 TV와 라디오 관계자들을 불렀다고 했다. 나를 인터뷰하기 위해서. 나는 아무 생각이 없었다. 그들은 한국인 여성이 명상하러 들어갔던 방에서 빛이 흘러나왔다고 말했지만, 정말이지 나는 잠을 잤을 뿐이다. 사람들은 내가 그 방에 들어간 지 5일째라고 했다.

한 남자가 마이크를 들이민다. 앞쪽을 살펴보니 모니터를 비롯한 방송 관련 장비들이 보인다. 나는 아무 말도 할 수 없었다. 입을 떼는 순간 다 거짓이 될 것 같았다. 영문을 모른 채 서 있는데, 함께 갔던 황 교수님이 마이크를 대신 받는다. 황 교수 내외는 나와 함께 위파사나를 배우러 갔었다. 황 교수님은 델리대학의 박사과정을 마무리하고 있었고, 두 분의 영어 실력은 유창했다.

고엔카 스승님과 부인의 깊은 관심과 배려 속에 3주간의 명상 수행을 마치고 돌아왔으나 내가 무슨 일을 하고 왔는지 나 스스로도 지금껏 궁금하다. 그때 생각을 하면 헛웃음만 나온다.

훗날 이 아쉬람에 몇 번을 더 갔는데, 그날 이후로 많은 것이 변해 지내기 편하고 쉬기 좋은 곳이 되어 있었다. 하지만 그 대가로 예전의 에너지는 사라진 것 같았다. 세상에 공짜는 없는 법이다.

고엔카 스승님으로부터 위파사나를 배운 것은 나에게 커다란 행운이었다. 그분께 타고르의 시 〈신께 바치는 노래〉를 올린다.

님께선 왕좌에서 내려오시어
내 초라한 오두막집 문전에 서셨습니다.
나는 한켠 구석에서 홀로 노래하고 있었고
음률은 님의 귀에 닿습니다.
님은 내려오시어 내 오두막집 문전에 서셨습니다.
님의 대청에는 많은 어른들이 계시어
거긴 언제나 노랫소리가 울렸습니다.
이 풋내기의 소박한 노래는 님의 사랑을 감동케 했습니다.
이 보잘것없이 애처로운 한 가닥 선율이
이 세상의 위대한 음악과 섞이고
님의 포상으로 한 송이 꽃을 들고 내려오시어
내 초라한 오두막집 문전에 서셨습니다.

3

애쓰지 말라

스와미 니란잔아난다
사라스와티

인도 비하르 국립대학에서 큰 행사가 열렸다. 두 분이 초청 인사였는데, 한 분이 달라이 라마였고 또 한 분은 비하르 요가 아쉬람Bihar School of Yoga의 니란잔 총장이었다. 비하르 요가 아쉬람은 한국에도 많이 알려져 있는 곳이다. 나는 달라이 라마의 강연을 따라 이곳에 갔다.

스와미 니란잔아난다 사라스와티Swami Niranjanananda Saraswati 는 30세도 안 되어 보이는 젊은 요기로서 위대한 사티아난다의 제자였다. 강연에는 여러 나라에서 초청받아 온 많은 사람들과 인도의 학자들이 모여 있었다. 나는 사실 의아했다. 달라이 라마는 당연하다고 생각했지만, 저 젊은 요기는 뭐지…?

달라이 라마는 첫날 강연을 마치고 돌아가셨고, 나는 둘째 날 강연을 듣기 위해 남아 있었다. 강연이 마무리될 즈음 니란잔이 나를 부르더니 대뜸 "나를 따라와" 한다. "어디로요? 당신은 누구십니까?" 묻기도 전에 그의 지프차에 올라탔다. 그분에 대해 아는 것은 하나도 없었지만 그를 따라갔다. 그곳이 바로 비하르 요가 아쉬람이었다. 훗날 비하르 대학원 대학교가 된 곳으로, 나는 이 과정에 들어가기 위해 6년 이상을 기다리다 지쳐서 한국으로 돌아왔다. 그리고 서울 인사동과 압구정동에서, 그리고 부산 광안리에서 요가 연구소를 운영하며 학문과 수행의 도구로써 요가를 안내하고 있을 즈음 정식 입학 허가를 받았다. 일곱 명의 유학생이 가서 다섯 명이 석사과정을 마치고 온 것이 한국에서 요가를 학문과 수행으로 받아들이게 된 첫 단계가 되었다.

나는 니란잔 총장님과 함께 그의 아쉬람에 머무르며 색다른 경험을 할 수 있었고, 고대 문헌에 근거한 요가철학을 접할 수 있었다. 매일 저녁식사 후 모든 학생들이 야외에 모여 총장님이 연주해주시는 오르간에 맞추어 자파, 즉 신께 바치는 노래를 긴 시간 반복한 것은 더없이 아름다운 경험이었다. 즈나나 요가

신에 대한 명상

84

Jnana Yoga를 그렇게 만났다.

요가의 한계는 끝이 없다. 최상의 영적 수행 안에 숨겨진 스물두 가지 전통 요가가 있다. 서로 다른 모든 베다 사상, 우파니샤드 문헌, 탄트라 전통에서 공통적인 여덟 가지 길은 아쉬탕가 요가Ashtanga Yoga이다. 이 여덟 가지 길은 요가의 어떤 한 분파에 속하지 않으며, 요가의 총합적 부분이다.

요가의 체계와 원리 가운데 어떤 것들은 탄트라 전통이고, 《베다》나《우파니샤드》같은 경전에도 요약되어 있다. 요가는 영적 수행의 길을 가며 진보하고, 이해하고, 경험할 수 있는 도구이자 학문이다. 요가가 한국에 구도의 길로써 학문과 함께 들어왔더라면 지금의 한국 요가 문화는 많이 달라졌을 것이고, 수행하는 구도자들이 공동체를 이루고 살았을 수도 있을 것이다.

니란잔의 스승인 사티아난다는 나에게 오래전 이야기를 들려주셨다. 아쉬람의 관리자 내외가 결혼한 지 몇 년이 지나도록 아이가 없어서 사티아난다께 축복을 내려 달라고 부탁했다. 사티아난다는 약속 하나를 하자고 했는데, 아이가 태어나 다섯 살이 되면서부터는 아쉬람에서 키운다는 것이었다. 내외는 아이를 갖는다는 기쁨에 그러겠다고 대답했다. 그리고 기적처럼, 잘생긴 아들을 낳았다. 아들을 얻는다는 기대에 덜컥 대답은 했지만, 아이가 다섯 살이 되자 걱정이 밀려들었다.

　어느 날 사티아난다가 내외를 불러 이제 아이를 보내라고 했다. 그 후 아이는 아쉬람에서 생활하며 사트구루satguru의 무릎에서 자랐다. 사트구루는 아이를 제자로 삼으시고 그의 무의식까지 제도했다. 아이는 어릴 때부터 니드라 행법을 익혔다. 공식 학교를 다니지 않았는데도 아이는 10대 후반부터 최고의 학자들과 세미나를 벌일 정도로 학문과 지혜가 뛰어났다. 그가 바로 니란잔이었다. 그의 영혼을 이 세상에 데려온 것은 스승 사티아난다였다. '니란잔'의 의미를 아는 이라면 그가 어디서 왔는지 알 것이다.

　수없이 지나친 길거리에서조차 안내자가 없으면 우리는 종종 길을 잃는다. 전혀 가보지 않은 길을 걸을 땐 조심해야 한다. 결코 혼자서 가지 말고 언제나 안내자와 함께 가야 한다. 영적 진화를 위해 우리에겐 스승이 필요하다. 우리가 길을 잃지 않도록, 함정에 빠지지 않도록 붙잡아줄 사람이 필요하다. 우리의 잠재력의 마지막 단계까지 계속 나를 지지해줄 충분한 자비를 가진 누군가가 필요하다.

바른 안내자

'구루'는 영적 스승을 가리키는 말이다. 밝게 깨달은 이, 혹은 어둠에서 벗어난 이를 말한다. 내적 깨달음을 얻은 자이다. 이런 안내자 없이 여행을 한다면 우리는 수많은 어려움을 겪게 될 것이다. 우리의 내면에는 아주 많은 유혹과 장애가 있기 때문이다. 스승이라는 안내자가 없다면 '신'을 깨달을 수 없다. 우리는 마음과도 싸움 중이고 감각의 지배 또한 받고 있기 때문에 영성과학을 능히 알고 있는 스승이 필요하다. 우리를 가로막는 이러한 장애들 때문에 우리에게는 사트구루가 필요한 것이다.

인도 여행을 간다고 해보자. 그러려면 먼저 여행사를 찾고, 여러 정보를 얻고, 관련된 책도 읽어야 한다. 그리고 먼저 인도를 여행해본 사람에게서 도움을 얻어야 한다. 그리고 티켓을 구입한 뒤 운송수단에 의지한다.

인도로 가는 길도 이럴진대, 영적 여행은 어떻겠는가. 그래서 우리에겐 스승이라는 안내자가 필요하다. 간혹 그릇된 스승을 만날 수도 있을 것이다. 구도자는 마음공부나 영적 수행에 맹목적으로 달려들어서는 안 된다. 바른 안내자를 만날 때까지 꾸준히 정진하다 보면 은총이 다가올 것이다. 이 길에서 우리의 지능이 방해가 되지 않도록 먼저 즈나나 요가, 즉 정견正見을 가지는 것이 중요하다고 사티아난다는 늘 말씀하셨다.

비하르 요가 아쉬람에 오는 외국인 수행자들은 일만 시킨다고, 즉 카르마 요가를 많이 시킨다고 불평들이 많다. 카르마 요가가 즈나나 요가로 변형될 때까지 환경이 좋은 곳에서 교육을 받으라고 하는 의미는, 튼튼한 토대를 세우라는 것이다. 토대가 튼튼하다면 영성이라는 건축물을 높이 세울 수 있을 것이다. 지식이 채워지고 나면 그 다음 단계로 믿음을 가지고 수행과 훈련을 할 수 있다고 사티아난다는 가르쳤다. 그리고 마지막은 '신'을 깨닫는 것이다.

《바가바드 기타》는 말한다.

신들을 숭배하는 이는 신들의 세계에 가서 태어난다.
조상을 숭배하는 이는 조상의 세계에 가서 태어난다.
귀신을 숭배하는 이는 그들의 세계에 가서 태어난다.
그러나 '나'를 숭배하는 이는 나에게로 온다.

니란잔 총장님은 예술 감각이 뛰어난 분이다. 한국에서 온 첫 학생인 나에게 그분은 시간이 날 때마다 요가에 대해, 낭만에 대해 얘기해주셨다. 그래서 나는 요가를 제대로 배웠다. 사나탄

문화Sanatan Culture인 전통 요가에 대해, 알려지지 않은 채 대부분 사라진 요가 앙가스Yoga Angas에 대해, 고대 경전에 기록되어 있는 수많은 요가에 대해 들려주셨다. 새로운 학문과 영적 수행을 겸한 포괄적인 요가는 나에게 많은 것을 알게 했다.

13세 때부터 세계 각국을 다니며 많은 지식인과 원로 학자들 틈에서 학자로, 수행자로, 환생자로 당당하던 니란잔의 모습은 내가 인도에서 처음 보았던 사두와 똑같았다. 대통령의 터번을 지팡이로 툭툭 치던 그 파워를 니란잔에게서도 느낄 수 있었다. 나는 니란잔 총장님을 따라 유럽과 호주 등 여러 곳을 다니며 요가 니드라 워크숍에 참여하고 각 나라 센터에서 훈련을 했다.

니란잔 총장님이 유럽에서 니드라 워크숍을 하면 1만 명 이상이 모인다. 니드라 행법을 배우러 오는 이들의 옷 색깔은 단계에 따라 다르다. 흰 옷은 초급 단계이고 노란 옷은 중급, 오렌지색은 요가 수행에 전념하고 있는 고급반 학생들이다. 검은 옷을 입은 이들은 세상 밖으로 나오지 않고 아쉬람 안에서 여생을 보낸다. 나는 검은 옷 입은 여성을 한 분 보았다. 사티아난다의 시봉자로, 라키아에서 헌신자로 살고 있다. 라키아는 사티아난다 구루가 은둔해 마지막 여생을 보내고 계신 곳이다.

어느 해인가 한국으로 갔다가 인도로 돌아오는 비행기를 탔는데 스님 두 분이 앞에 앉아 있었다. 내 옆에 앉은 남자 승객이 자꾸 양주를 시켜 마시기에 앞의 스님들께 자리를 좀 바꿔주실 수 없느냐고 했더니 검은 옷을 입은 스님이 흔쾌히 바꿔주셨다. 그래서 회색 승복을 입은 스님과 나란히 앉아 많은 이야기를 듣게 되었다. 스님은 인도로 여행을 가는 길인데 어디로 가면 좋은지 안내를 부탁하셨고, 나는 지금 라키아로 가는 길이라고 했다. 따라오시겠단다. 그러시라 했다. 그때 마침 사티아난다 아쉬람에서 제자들이 다 모이는 대규모 파티가 있었다. 1년에 한 번 열리는 행사였다. 이 행사에 처음 갔을 때 나는 좋은 기회가 있어 송아지 두 마리를 보시한 적이 있었다. 스님께도 소 두 마리를 보시하면 좋겠다고 했더니 그러겠다 하시고는 정말로 라키아까지 따라오셨다. 스님은 말씀하셨던 대로 소 두 마리를 보시했고, 사티아난다께서는 손에 걸고 있던 염주를 스님께 주셨다. 몇 년 후 신문에서 이분이 입적하셨다는 기사를 보고 나서야 나는 그분이 아주 유명한 스님이었다는 사실을 알았다.

　인생이란 그런 것인데, 무엇에 그리 연연해하셨을까. 일장춘몽이려니… 나는 하루 종일 노랫가락을 흥얼거렸다. 나에게도 합당하고 스님께도 합당하지 않은가? 일장춘몽, 공수래공수거… 우리의 덧없는 인생을 비유했던가?

신에 대한 명상

90

한 주먹밖에 안 되는 손으로

그대는 무엇을 쥐려 하는가?

한 자밖에 안 되는 가슴에

무엇을 품으려 하는가?

길지도 않은 인생 속에서

많지도 않은 시간 속에서

그대는 무엇에 허덕이는가? – 소동파의 글

신과 함께

니란잔 총장님을 모시고 한국에 왔다. 춘해대학과 제주대학에서 큰 세미나와 워크숍을 했다. 아마도 세미나에 참석한 사람들에게는 처음으로 요가를 제대로 인식하는 기회가 되었을 것이다. 니란잔 총장님은 요가철학에 대해 강의하고, 영적 수행을 위한 도구로써 요가가 어떻게 활용되는지를 설명하고, 명상과 각성에 대한 이론과 훈련법을 전하는 등 큰 업적을 남기셨다. 그중 하나가 춘해대학 안에 생긴 요가학과이다. 당시 이 학과에서 공부했던 학생이 지금은 학과장으로 헌신하고 있다.

요가의 기본 학문과 철학에 중심을 둔 비하르 대학원 대학교에서도 가장 독보적인 것이 니드라 행법이다. 요가 니드라는 탄트라의 한 형태이다. 잠을 자는 것도, 집중하는 것도 아니다. 그것은 우리 마음으로 통하는 내부의 방을 여는 것과 같다. 이 행법을 통해 우리는 내면적인 의식의 단계로 한 발 한 발 나아가게 된다. 아무것도 이해되지 않는다 해도 문제가 되지 않는다. 안내자의 목소리만 따라 하면 많은 것을 경험하게 된다. 눈을 감고, 몸은 침묵한다. 마음은 편안한 분위기 속에 있으면 되고, 집중하고자 노력하지 않아도 된다. 마음을 조절하려고 할 필요도 없다. 그냥 나의 육체를 잘 살펴본다. 육체라는 아름다운 방에 누워 있는 것이다. 무엇이든 분석하거나, 노력하거나, 집중하지 말라…. 여러 명상법 중 제일 쉽고 간단하다.

《바가바드 기타》는 말한다.

모든 종교의식을 버려라.
모든 경전을 버려라.
오직 나만을 따르라.
나 이제 모든 고뇌로부터 그대를 구해주리.

긴 세월이 흐른 지금, 한 여성 스와미가 전라도 장흥에서 헌신적으로 비하르의 맥을 잇고 있다. 카르마 요가의 전통을 지키며 놀라운 기적을 만들고 있는 스와미에게 비하르의 맥을 이어주어 고맙다는 말을 전했더니 "신과 함께"라는 답이 돌아왔다. 참으로 귀한 여성이다.

4

길을 아는 것과 길을 걷는 것은 다르다

마더 테레사
크리슈나무르티
사티아 사이바바

종교의 바탕은 두려움이 아니라 사랑이다. 나는 세상의 고뇌를 피하기 위해 예배하는 것이 아니라 '그분'을 사랑하기 때문에 예배한다. 어떤 욕망이나 세속의 충족을 위해서가 아니라 사랑을 위해 '그분'과 함께 있고 싶어서 예배한다.

에고가 없을 때, '나'라는 것이 없을 때, 순종은 저절로 실천된다. 마음이 영혼을 지배하는 한 순종은 있을 수 없다. 순종을 몸소 실천하신 분이 마더 테레사 수녀님이다. 처음 가서 뵙고 놀라고, 두 번 가서 뵙고 주춤거리고, 세 번 가서 뵙고 옆에 앉아서 순종과 예배에 관해서 들어도 나는 그분을 따라 할 수가 없었다. 티베트 의사처럼 혀로 치료하는 것도 아닌데…. 나는 마더 테레사를 찾는 환자들을 감히 쳐다볼 수조차 없었다. 거의 다 나병 환자 같았다. 나는 스스로 포기했고, '이 생에서 나는 이타행 봉사는 못하나 보다' 하고 물러난 곳이 캘커타의 마더 테레사 예배당이다. 이타행이 없다면 아무것도 안 하겠다는 의미가 아닌가. 예배당 안에서 눈물이 났다. 주님! 당신께서는 나를 어디에 쓰시렵니까…?

활짝 핀 꽃 한 송이

크리슈나무르티…. 우연히 이분에 대해 듣게 되어 부리나케 뭄바이로 달려갔다. 시봉하시던 인도 여성이 나와서 많이 편찮으시니 뵐 수 없다고 한다. 나는 가까이서 하루를 머물 터이니 잠시라도 뵙게 해달라고 부탁했다.

다음 날 아침 9시경, 크리슈나무르티를 그분의 서재에서 뵈었다. 성인의 에너지는 정말 놀라웠다. 순수한 어린아이 같기도 하고, 활짝 핀 한 송이 꽃 같기도 했다. 한마디로 아름다움의 극치였다. 그 우아한 기운을, 그분을 한 번이라도 친견한 이라면 알 것이다. 한마디 말씀은 없으셨으나, 그 잔잔한 미소와 평화로운 기운에 나는 시간을 잊고 앉아 있었다.

한 달쯤 지나 그 모습을 잊지 못해 다시 찾아갔을 때, 먼젓번에 보았던 인도 여성이 말했다.

"선정에 드셨습니다."

마음 없음을 경험하다

인도에는 각 지역마다 성인이 있다. 이들은 해당 지역에 학교와 병원을 개설하여 주민들에게 봉사한다. 특히 벵갈루루 근방에서 사이바바의 역할은 대단히 크고 역사 또한 길다. 초등학교부터 중학교, 고등학교, 대학교까지 무상교육을 제공하고, 의료시설 또한 지역주민들에게 무료로 봉사한다.

인도인들이 미륵불로 여기는 사티아 사이바바. 이분의 강연은 특이하다. 많은 인도의 현자, 또는 성자라고 불리는 이들이 계신 곳을 와보면 외국인이 훨씬 많이 보인다. 적어도 80%는 넘을 것이다. 그러나 사이바바의 강연에 모여든 사람들은 거의 다 인도인들이다. 그 인원은 상상을 초월한다. 내가 참석했던 시절에는 모든 인도사람이 다 모인 것처럼 인산인해를 이루었다. 놀라운 것은 그 안의 질서이다. 물론 사원을 벗어난 곳에는 여러 종류의 사람이 들끓고, 개중에는 소매치기와 사기꾼까지 있다.

초대를 받은 외국인들은 나라별로 나누어 한 방에서 함께 지낸다. 아시아 쪽에서는 일본, 홍콩, 한국을 한 방으로 분류했는데, 한국인은 나 혼자였다. 옆방에는 대만, 방콕, 말레이시아 등지에서 온 사람들이 있었다. 한국, 홍콩, 일본은 다 합해도 20명이 안 되는 제일 작은 그룹이었다. 그 밖에도 여러 나라에서 많은 사람들이 와 있었다.

"이곳에는 지금 많은 사람들이 모여 있으니, 각자 개인용품들을 잘 챙기십시오."

사이바바가 강연을 마치면서 말씀하셨다. 바로 다음 순간, 나의 작은 가방이 없어진 것을 알았다. 어쩌지…? 여권, 루피, 그리고 돌아갈 기차표… 또 뭐가 있더라…? 가방에 들어 있던 것들을 찾아 기억을 뒤지고 있을 때, 사무실 직원이 다가와 내 여권과 기차표를 내민다. 하, 이게 뭐지? 벌써…? 나는 못 들었지만, 오피스에서는 계속 안내를 했었다고 한다. 특히 초대를 받아 온 외국인들의 여권이나 물건들은 오피스로 갖다 놓으라고. 그래서 돌아온 것이라고 한다. 이들은 누가 누구의 물건을 가져갔는지 사이바바가 이미 다 알고 계신다고 믿는다. 물론 돌아온 것 중에 돈은 없었다. 그러나 온갖 부류의 사람들이 모여 있는 가운데 이런 물건들이 단 몇 시간 만에 주인에게 돌아온다는 것이 신기했다.

돈이 필요했던 나는, 저녁 늦은 시간에 사람들이 둘러앉은 자리에서 호흡 기술을 조금 안내해줄 테니 따라해보고 마음에 들면 대가로 돈을 조금씩 내라고 했다. 사람들은 모두 내 사정을 알고 있었다.

많은 사람들이 내 주변에 둘러앉았다. 나는 그들과 함께 요가 호흡에 집중했다. 늦은 시간까지 진지한 요가 수행이 이어졌다. 그 결과 내가 탁발한 돈은 당시로서는 거액인 1,000불이나 되었다. 나는 100불만 가방에 넣고 나머지는 이튿날 사무실로 가서 병원에 기부했다.

가끔은 잃어버리는 것도 큰 교훈이 된다. 가끔은 놀라는 것도 큰 은혜가 된다. 가끔은 나의 작은 재능이 큰 축복이 되기도 한다. 어른들이 말씀하신다. 속이려 들지 말고, 언제든지 속을 준비를 하라고. 속는다 해도 잃는 것은 아무것도 없다. 그러나 속이면 모든 것을 잃는다….

보통 사람들의 눈으로 성인들의 모습을, 또 그분들이 하시는 일의 의미를 제대로 이해하기란 거의 불가능하다. 글로 쓰기도 불가능하다. 다만 이렇게라도 써서 그분들이 티끌만큼이라도 이해되기를 바랄 뿐이다.

사이바바를 처음 뵙던 날, 그 상황과 그분의 능력을 목격하던 날, 나는 〈마태복음〉에 기록된 예수님의 기적을 떠올렸다.

가라사대 그것을 내게 가져오라 하시고 무리를 명하여 잔디 위에 앉히시고 떡 다섯 개와 물고기 두 마리를 가지사 하늘을 우러러 축사하시고 떡을 떼어 제자들에게 주시매 제자들이 무리에게 주니 다 배불리 먹고 남은 조각을 열두 바구니에 차게 거두었으며 먹은 사람은 여자와 아이 외에 오천 명이 되었더라.

수천 명이 남자와 여자로 나뉘어 앉고, 그 가운데 길을 따라 그분이 걸어 나오신다. 숨소리 하나 없는 침묵 속에서 누군가가 그분께 가까이 가려고 하는 몸짓이나 움직임으로 분위기를 흩뜨리면 그대로 돌아서 나가신다. 그래서 그분이 나오시기 전에 늘 먼저 안내를 한다. 그냥 그대로 앉아 있으라고. 그분이 하시는 대로 그대로 지켜보고 기도하고 있으면 된다고. 그럼에도 불구하고 꼭 말썽쟁이들은 있다. 어느 나라나, 어느 조직이나, 어느 단체나 마찬가지다.

그분의 에너지를 교감해본 이들은 알 것이다. 그분이 가까이

다가왔을 때 죽음을 마주하고 있는 듯한 그 느낌…. 겉으로는 아무것도 달라지는 것이 없지만, 한순간에 '마음 없음'을 경험한다.

《바가바드 기타》는 말한다.

그것은 태어나지도 않고 죽지도 않으며
그것이 한때 있었던 그대로 남아 있으며
태어나지도 않고 불멸한다.
육신이 죽는다 해도 이러한 본질은 죽지 않는다.

우리 안에 내재하는 불멸성
소리가 없고, 촉감이 없으며
형체의 맛, 처음과 끝, 냄새 또한 없으니
그는 불멸의 존재로다.
시작이 없고, 끝이 없고
초월적이며 지극히 안정적인
이 아트만을 알게 되면
그는 그 순간 죽음의 어귀에서 풀려나리라.

길을 아는 것과 길을 걷는 것은 다르다. 이 세상은 충분히 보고 살았으니, 이제는 다른 세상을 보고 싶다. 이젠 텅 빈 방에서 쉬고 싶다.

5

신의 헌신자로 살라

스와미
치드빌라사난다

스와미 치드빌라사난다(구루마이Gurumayi)가 계신 묵타난다 아쉬람에 처음 들어섰을 때 깜짝 놀랐다. 야외에서 만트라로 음성 공양 중인 구루마이 옆에 공작새들과 닭들이 가만히 앉아 있었다. 그리고 사람들이 쭉 줄을 서 있다. 100명은 족히 되어 보이는 사람들 가운데 외국인들이 더 많이 눈에 띄었다.

내 차례가 되었다. 구루마이가 활짝 웃으시며 손을 내민다. 악수를 청하는 줄 알고 나도 손을 내밀었는데, 옆에 있는 보석함에서 뭔가를 꺼내 내 손목에 끼워주신다. 에메랄드와 진주가 섞인 팔찌였다. 놀라서 다시 쳐다보았는데, 아무 일도 없었다는 듯 만트라를 이어가고 계신다.

"하레 라마…(신께 귀의합니다)."

음률에 실린 단순한 만트라 소리에 사람들은 온 마음을 빼앗겼다. 마치 대나무에서 나오는 퉁소 소리 같았다. 구루마이는 그 긴 줄이 다 하도록 한 순간도 쉬지 않았다. 아침 11시부터 오후 6시까지 이어졌다.

진주 팔찌를 얻은 나는 행운아였고, 그곳에 온 많은 이들이 부러워했다. 미국에 사는 한국인 여성이 음식 봉사자로 와 있었는데, 오래전에 구루마이의 제자가 되었다고 했다. 하루에 한두 개 정도 선물이 나가는데, 그 선물을 받는 사람에게는 특별한 인연이나 영성이 있다고들 믿고 있었다. 그런데 오늘 한국 여성인 내가 받은 것이다. 그분은 펄쩍펄쩍 뛰면서 좋아했다.

그런데 행사가 끝나고 돌아오던 기차 안 여성 전용 2등 칸에서 이 팔찌를 잃어버리고 말았다. 어디서 빠졌을까? 차라리 그리도 부러워하던 그녀에게 주고 올 것을….

스승과 제자

스와미 치드빌라사난다는 스와미 묵타난다의 무릎에서 자랐다. 그녀의 지성과 지혜, 그리고 언어 실력은 모두 묵타난다의 영적 교육을 통해 최상의 것을 물려받은 결과일 것이다. 묵타난다의 지극한 사랑 속에서 구루마이는 후계자로 지명되었고, 세계적으로 드문 여성 영성 지도자가 되었다. 이분이 뿜어내는 아름다움과 지혜는 더없이 찬란하다.

묵타난다 아쉬람에서 구루마이께 배운 것은 만트라 요가와 제자 됨이었다. 스승인 묵타난다는 '샥티파트Shaktipat'의 대가로서 그 파워를 제자 구루마이에게 전수했다. 샥티파트에서의 쿤달리니 경험은 행복의 극치이기도 하다. 현상계에 대한 명상이 신에 대한 명상으로 옮겨가면 지혜가 생긴다. 그것을 '공'이라 해도 좋고, '신'이라 해도 좋다.

샥티파트에서 쓰는 도구는 공작새의 털로 만든 가벼운 총채 같은 모양을 하고 있다. 구루마이는 샥티파트에 들어온 수행자들에게 이것을 사용한다. 넓은 공간에 울려 퍼지는 음악과 함께 몸이 움직여지는 대로 움직이면 된다.

나는 얼마 되지 않아 기절했던 것 같다. 공작 털로 아주 가벼운 터치가 한 번 지나간 기억밖에 없다. 쿤달리니의 깨어남은 그토록 강렬했다. 그 세계는 내가 읽고, 듣고, 알았던 그 어떤 것보다도 수천 배 더 찬란했다. 말이나 글로 도저히 표현할 수가 없다.

한참 만에 깨어나 보니 다른 수련생들의 모습도, 구루마이의 모습도 보이지 않았다. 나 혼자였다. 조금 뒤 구루마이의 미국인 제자가 들어오더니 따라오라 한다. 그를 따라 구루마이의 방으로 들어갔다. 그동안 여러 성자나 현자들을 친견할 때마다 내가 본 것은 빛이었다. 구루마이가 강한 오라 속에서 환하게 웃으면서 나에게 손짓하고 있었다. 나는 한마디도 하지 못하고 잠시 깊은 샥티Shakti 속에 있었다.

이날 이후로도 만남은 계속 이어졌고, 훗날 그녀의 아쉬람이 있는 미국, 캐나다, 호주, 일본 등에서 여러 차례 더 만나 가르침을 받았다.

깊은 것일수록 단순하다. 진실일수록 간단하다. 사실일수록 소박하다.

개구리의 세계는 우물 안이었다. 개구리는 우물 너머를 보거나 그 밖으로 나갈 수 없었기 때문에 현실 세계가 엄청나게 크다는 것을 알지 못했다. 하늘을 날면서 많은 연못과 산과 들을 본 백

조는 개구리에게 세상이 얼마나 멋지고 광대한지를 설명했다. 백조의 말을 믿을 수 없었던 개구리는 백조가 하는 말을 전혀 알아듣지 못했다.

사람은 육체에 딸린 감각기관의 제한된 능력 안에서 세상을 경험한다. 그래서 자신의 이해 능력 너머에 있는 것은 믿으려 하지 않는다. 자동차를 타고 가면서 창밖을 내다보면 내가 알고 있던 것보다 더 넓은 세계를 보게 된다. 비행기를 타면 더 넓은 시야로 바라볼 수 있다. 우주비행사들은 지구가 둥글다는 것을 체험으로 안다.

신체라는 한계에 갇혀 있는 우리들은 신에 대해 알 수가 없다. 눈으로 볼 수 없고 귀로 들을 수 없는데 어떻게 영성의 길을 이해할 수 있겠는가? 그 길이 실제로 우리 안에 존재하더라도 물리적으로는 찾을 수가 없다. 다만 영적 스승들의 가르침을 통해 추측할 뿐이다.

우리 몸 안의 세포가 눈에 보이지 않아도 우리는 그것이 있다는 것을 안다. 신은 여기도, 저기도 있다. 어디에도 있다. 그러나 책이나 토론을 통해서는 신의 존재에 대한 통찰을 얻을 수 없다. 그래서 우리에게 필요한 것이 안내자이다. 스승이 필요한 것이다. 신은 우리의 이해 수준에 맞추어 인간의 모습을 한 화신을 보내셨고, 이들을 통해 우리가 받아들일 수 있는 방법으로 인도해주신다. 이런 안내자나 스승이 없다면 우리는 우물 안에 갇힌 개구리 신세를 벗어나지 못할 것이다. 스승들은 우리를 찾아온 백조이다.

까마귀 한 마리가 부리에 고기를 물고 하늘로 날아오르자 스무 마리 정도 되는 까마귀들이 고기를 빼앗으려고 달려들었다. 그 와중에 까마귀는 물고 있던 고기를 놓쳤고, 다른 까마귀들이 그 것을 차지하기 위해 앞다투어 하강했다. 그 모습을 본 까마귀가 중얼거렸다.

"고기를 놓으니 이처럼 평온한 것을…."

하루 종일 만트라 요가로 음성공양을 하는 구루마이 옆에 앉아 있던 공작과 닭들… 그들은 무슨 생각을 하고 있었을까…? 오직 한 가지 만트라에 집착함으로써 내가 경험한 것은 무집착이었다.

한 왕이 있었다. 그에게는 자식이 없었다. 어느 날 왕은 7층 궁전을 짓고 자신의 전 재산을 각 층에 분배했다. 1층에는 동전들을 흩어놓았고, 2층에는 지폐를, 3층에는 은화를, 4층에는 금화를, 5층에는 진주를, 6층에는 다이아몬드와 귀한 보석들을 두고, 마지막 7층에는 왕 자신이 앉았다. 그리고 왕은 도시에 있는 모든 사람들에게 한 번만 방문할 수 있다는 조건으로 무엇이든 가져가도 좋다고 알렸다.

사람들은 궁전으로 몰려갔다. 어떤 사람들은 서둘러 1층으로 들어가서 자루에 동전을 가득 채워 들고 나왔다. 좀 더 모험심이 있는 사람들은 2층까지 올라가서 지폐를 발견했다. 더 높이 올라간 사람들일수록 더 좋은 것들로 보상받았다.

그런데 그들 중 가장 높은 층까지 탐험하기 전까지는 만족하지 않은 사내가 있었다. 마침내 가장 위층에 도착한 그는 왕이 자신을 기다리고 있는 것을 보았다.

왕은 그를 극진히 맞이했다. 왕은 낮은 층에 있는 보물들에 현혹되지 않을 만큼 인내심 강한 사람을 기다리고 있었다. 왕은 사내를 알현실로 데려가, 자신의 왕관을 벗어 그의 머리에 씌워주었다.

모든 사람이 현생에서 벌이는 자신의 행위가 다음 생의 응보

로 이어진다는 것을 깨달을 만큼 운이 좋은 것은 아니다. 슬프게도, 대부분의 사람들은 세상의 일에 사로잡혀 진짜 가치가 있는 것은 아무것도 얻지 못한다. 동전들이 무슨 가치가 있겠는가?

우리는 내면의 헤아릴 수 없는 많은 영역에서 무한한 기쁨, 평화, 행복을 찾을 수 있다. 전능하신 신이 우리 안에 거하신다. 우리의 노력과 그분의 한없는 은총을 통해 우리는 그분의 존재를 깨달을 수 있다. 외적인 헌신의 방법을 통해서 신을 찾으려는 사람들은 좀 더 이득이 있을 수 있으나, 여전히 지폐에 불과할 것이다. 자기 통제를 수행하는 사람들은 은화라는 조금 더 나은 결과를 얻지만, 삶에는 은화보다도 더 구할 것이 많다.

마음을 고요히 함으로써 내면을 탐구하는 사람은 물질 영역을 넘어선 세계로 들어가 금화와도 같은 아주 큰 부를 보상받게 된다. 마음 자체의 근원에 도달한 사람은 진주의 아름다움에서 얻을 수 있는 것 같은 더 가치 있는 것들을 얻게 된다. 진정한 구도자가 마음의 노예에서 벗어나려 노력한다면, 그는 분명히 진정한 고향으로의 회귀와 신에 대한 깨달음이라는, 보석 중에 가장 귀중한 보석을 얻게 될 것이다.

구루마이는 스승이자 아버지인 묵타난다의 손을 잡고 가장 귀중한 보석을 얻은 신의 헌신자이다.

6

나의 모든 행위는 기도이다

디렌드라 브라마차리

아행가

주말이면 델리에 있는 국립 요가 아쉬람에 크리야스 요가Kriyas Yoga를 하러 다녔다. 이 학교에서도 그렇고, 오로빈도 요가 아쉬람을 다닐 때에도 내가 환대를 받은 이유는 내가 유일한 한국인이어서, 특히 요가를 전공하고자 한 한국인이 처음이어서였던 것 같다. 나는 오로빈도 요가 아쉬람으로 까루나 디디Karuna Didi의 영성 음악을 배우러 다녔고, 디렌드라 브라마차리께는 크리야스 요가인 육체정화행법을 배웠다.

2년 정도 지났을 때 브라마차리께 한국 초청에 대해 말씀드렸더니 쾌히 승낙하신다. 와! 승낙하실 거라 믿고는 있었지만 정말로 초청에 응하시는 것을 보고 너무나 놀랍고 기뻤다. 디렌드라 브라마차리는 인도 대통령의 개인 요가 스승이다. 대통령과 함께 여러 나라를 다니시기는 했지만 아시아는 처음이었다.

나는 한국 초청 준비 관계로 귀국했고, 한국요가협회와 상의하여 행사를 준비했다. 그런데 행사가 한 달 앞으로 다가왔을 무렵 비보가 날아들었다. 비행기 사고…. 개인 비행기를 갖고 있던 브라마차리께서 갑자기 이생을 떠나신 것이다.

디렌드라 브라마차리는 요가계의 대 스승이셨다. 육체정화 행법을 중심으로 인도인들에게 요가를 더욱 널리 보급하셨고, 엄청난 유명세 속에 많은 이들의 칭송을 받으셨다. 전통 요가 행법인 트리타카, 네티, 다우티, 바스티, 나울리, 카팔라바티로 이루어진 정화행법은 아쉬탕가 요가에서 빠져서는 안 되는 기본 행법으로, 아쉬탕가 요가의 단계를 구체적으로 배우고 훈련하기 이전에 먼저 익혀야 되는 요가의 부분이다. 브라마차리는 돌아가신 지 오래되었으나 아직도 그분의 학교는 국가에서 중시하는 교육기관으로 남아서 많은 요가 지도자들을 배출하고 있다.

큰 체구에 까만 수염, 친절한 말투…. 모습이 그대로 요가 구도자셨다. 그의 몸은 아사나이고, 음성은 프라나야마, 눈빛은 다라나, 태도는 그대로 명상이다. 글을 쓰고 있는 지금도 오라가 움직이는 것을 느낀다.

갑작스럽게 떠나신 그분. 어디로 가셨을까. 그 명예와 권위와 재산을 다 놓고 어디로 가셨을까. 선생님, 보고 싶습니다.

요가의 큰 스승

일본 센터와 협력하여 큰일을 저질렀다. 요가의 대 스승이신 아헹가를 한국으로 초청한 것이다. 일을 벌인 지 1년 후, 마침내 아헹가가 한국에 오셨다. 한국 요가계는 기대와 흥분으로 들썩였다.

일본 행사를 끝낸 뒤 아헹가를 모시고 한국에 도착한 것은 밤늦은 시간이었다. 비행기 안에서 서울을 내려다본 아헹가의 첫 말씀….

"무덤이 굉장히 많네…."

교회 십자가들이었다. 그 정체를 말씀드렸더니, 숙소인 장충동 앰버서더 호텔에 도착하실 때까지 한마디도 하지 않으셨다. 긴 침묵 속에서 그 많은 영혼(?)들을 제도하셨던 걸까?

서울 우이동에 자리 잡은 아카데미하우스에서 3일간의 한국 행사가 시작되었다. 설립자인 강원형 목사님의 배려와 협조로 모든 것이 순조로웠다. 한국의 요가 강사들이 거의 다 모여서 지도를 받았다.

아헹가의 강의는 한국 요가 지도자들을 놀라운 감동으로 몰 아넣은 사건이었다. 그 시절 한국인들에게 요가는 체조나 동작, 호흡 정도의 얕은 수준이었다. 아헹가의 방문은 한국의 요가 지 도자들과 수련자들에게 요가에 대한, 특히 아사나 요가에 대한 바른 인식을 심는 계기가 되었다.

아헹가는 세계적인 하타 요가의 대가로, 요가를 접해본 사람 들에게는 매우 익숙한 이름이다. 미국이나 유럽의 모델이나 일 류 요가 선생들은 거의 다 아헹가의 제자라 해도 과언이 아닐 정도이다. 나도 그중 하나, 한국인 제자이다. 아헹가의 교육을 거치지 않은 하타 요가 지도자는 없을 것이다.

하느님이 에고를 부수시는구나!

나는 10여 년 동안 해마다 6, 7월만 되면 아헹가 요가 스쿨로 갔 다. 내가 들은 그분의 첫 강의는 '나의 육체는 사원이고 나의 모 든 행위는 기도이다'였다.

《바가바드 기타》속 이 문장을 듣는 순간 나의 가슴은 환희 심과 자족감으로 차올랐다. 문제는 그 다음부터였다. 아사나 시

신
에
대
한
명
상

II4

간에 사바 아사나를 하라 하면 싣다 아사나를 하고, 단다 아사나를 하라 하면 웃타 아사나를 하고, 파스치모타나 아사나를 하라 하면 파드마 아사나를 하고, 시르스 아사나를 하라 하면 사바 아사나를 하고…. 부족한 지식으로, 극도의 긴장감으로, 내 귀에는 그 말이 그 말처럼 들렸다. 매일 수도 없이 혼났다. 목소리가 얼마나 크신지, 누구라도 야단치시는 소리만 나면 수련생들은 나부터 쳐다보았다. '코리아 문'이 또 무엇을 못 알아들어서 야단맞고 있을까…? 큰 소리로 야단을 치시고 난 뒤에는 그보다 더 큰 소리로 웃으셨다.

그렇게 몇 년을 헤매면서도 나는 지치지 않고 6, 7월이 되면 어김없이 그분을 찾아갔다. 처음에 학교의 매니저는 말도 잘 못 알아들으면서 자꾸 찾아오는 내가 귀찮았나 보다. 까다롭게 굴면서 싫어하는 모습이 티가 났다. 그의 마음을 열기 위해 맨 처음에 시도한 것은 비행기 안에서 사온 양주 한 병, 이것으로 문이 빼꼼히 조금은 열린 것 같았다. 그리고 얼마 후 그가 제일 힘들어하고 있는 것이 무엇인지 알게 되었는데, 바로 부인과의 관계였다. 우연을 가장한 어느 날, 일본인 친구들과 함께 그의 집을 방문하여 부인과의 인연 이야기를 듣게 된 뒤로 나는 그와 가장 가까운 친구가 되었다.

훗날 내가 그에게 말해주었다. 교육을 편하게 받기 위해서 당신과 친구가 되어야 했고, 그러기 위해서 내가 짠 각본에 당신이 걸려든 것이라고. 그때는 이미 우리는 매우 친해진 뒤였다.

아헹가 스승은 스스로의 실력만큼이나 자신감이 강한 분이었다. 하나뿐인 아들이 트럭 사고로 죽음의 문턱 앞에 다다랐을 때, 아헹가는 말했다.

"하느님이 내 에고를 부수시는구나!"

아사나를 하든 명상을 하든, 그 동기가 바른 수행에 있다면 고통의 끄트머리에서 주님의 은총으로 받는 능력은 무섭도록 예리한 내적 성찰이었다. 우리 제자들은 함께 보고, 듣고, 울었다.

이미 몇 분의 성인들을 뵌 경험을 통해 그분들의 기운과 독특한 파워, 특유의 기질을 알고 있던 나는 더 발전하기 위해 아헹가의 메디컬 클래스로 옮겼다. 아헹가는 어릴 때부터 약했던 자신과 아팠던 딸을 요가로 치료하고, 교통사고로 의사들이 다 손을 뗀 아들을 메디컬 요가 치료로 완쾌시켰다. 그 아들은 5년 만에 옛날과 같이 잘생기고 멋진 남자로 재탄생했고, 지금은 후계자로서 아버지의 뒤를 잇고 있다.

마음을 넘어 영혼으로

에고는 마음의 본능이므로 우리는 먼저 마음을 정복해야 한다. 마음을 진압해야 에고를 몰아낼 수 있다. 감정도 본능도 마음의 표현이다. 감정이나 에고도 마음과 함께 온다. 영혼이 마음에 지배당하고 있다면 우리는 마음의 노예일 것이고, 마음은 감각의 노예일 것이다. 감각의 노예인 것은 몸이 아니라 마음이다. 마음이 정복되면 감정이나 에고 등은 사라진다.

마음이 영혼이라고 생각하는 것은 오류이다. 영혼은 마음보다 훨씬 우월하다. 마음은 우리가 이 삶을 사는 데 필요한 도구이다. 우리가 영혼이라는 것을 깨닫는 만큼 우리는 자유로워진다.

에고는 자신의 다양한 기능 및 성질들을 자신과 동일시하고 그것들에 '나'라는 소유권을 붙이거나 저작권을 부여하는 오류를 범하고 있다. 에고는 삶과 존재의 실상이긴 하나 근원이 아니기 때문에 정복할 수 있다. 원초적이긴 하지만 본질적으로 통치권자는 아니다. 에고는 오직 그 환상적 성질이 인지될 때까지만 지배적이며, 에너지를 잃어버릴 때까지는 늘 변화한다.

에고의 편집 과정은 궤변이고 투사이다. 에고가 실상의 실재적 바탕이 아니라 덧없는 현상에 불과하다는 것을 인정함으로써 에고의 영향력은 감소하기 시작한다. 에고는 지상의 시간으로 정해진 시간 동안만 봉사한다. 요가 스승 파탄잘리는 '마음을 정복하면 세상을 정복하는 것이다' 했고, '에고를 정복한 이들만이 진실하다'고 기록했다. 에고가 침묵할 때 삶은 자율적으로 계속되고, 역설적으로 말하면, 노력이 노력할 필요가 없어질 것이다.

어느 요기가 말했다.

만약 누군가가 히말라야를 들어올렸다고 한다면, 잠시 동안은 세상에 그런 사람도 있다고 여길 수 있다. 만약 어떤 사람이 바다를 삼켰다고 말한다면, 믿기 힘들지만 잠시 그 말도 믿을 것이다. 어떤 사람이 이 세상의 바람을 지배한다고 주장한다면, 진지하게 받아들이지는 않겠지만 잠시 동의할 수도 있을 것이다. 그러나 만일 어떤 사람이 마음을 통제했다고 자랑한다면, 결코 그의 말을 믿지 않을 것이다.

아헹가 스승에게 아픈 딸과 교통사고를 당한 아들이 없었다면 그분의 요가 수행은 세계를 주도하지 못했을 것이다. 그분으로부터 탄생한 여성 요가 클래스, 어린이 요가, 그리고 메디컬 요가는 한마디로 예술이다. 특히 메디컬 요가는 교실 계단에 앉아 몇 시간 지켜보기만 해도 감동적이다. 그분의 쩌렁쩌렁한 목소리만큼이나 효과도 크다.

여성을 위한 요가는 아헹가의 딸이자 수제자인 기타 S. 아헹가가 주도하고 있다. 그녀는 열 살밖에 안 된 어린 시절에 신장염으로 학업을 포기해야만 했다. 신의 은총으로 살아날 수 있었다고 고백할 정도로 그녀의 어린 시절은 병마와 벌인 치열한 싸움의 연속이었다. 아헹가는 병원의 처방을 제쳐놓고 단호하게 딸에게 말했다고 한다. '이젠 약을 쓰지 말고 요가 수련을 하든지, 아니면 죽든지 둘 중 하나를 택하라'고…. 그 후로 아버지를 스승으로 삼아 아사나를 끊임없이 수련하면서 눈에 띄게 호전되었고, 치유되어 갔다.

여성을 위한 요가와 메디컬 요가는 이 과정에서 탄생했다. 아헹가 스쿨을 다녀본 사람은 알 것이다. 건강하고 강인한 요가 아사나의 스승으로 그녀가 우뚝 서 있다는 것을. 여성들에게 그녀는 말한다. 사회적으로 가정적으로 스트레스를 받을 때 요가를 하라고.

인생이 예술이다. 요가가 예술이다. 요가는 몸과 마음을 다루는 과학이다. 더 나아가 영혼에 대해 알게 하고, 영적 수행을 통해 해탈로 나아가는 길을 안내한다.

요가는 남녀 모두에게 은혜로운 것이다. 여성은 남성보다 더 요가를 필요로 한다. 여성의 천성이 책임 면에서 큰 까닭일 수 있다. 요가의 예술은 베다의 역사만큼 오래되었다. 요가의 지식을 처음 터득한 것은 여신이었다고 전해진다. 야즈나발키야 Yajnavalkya의 아내 마이트레이Maitreyi가 요가 수련을 함으로써 모든 것으로부터 자유로운 이가 되었다고 기록되어 있다.

사춘기, 중년, 노년으로 이어지는 여성의 인생에서 월경, 임신과 분만, 폐경이라는 세 가지 이정표가 여성의 몸과 마음에 어떤 영향을 끼치는지 메디컬 요가는 그 답을 가르쳐준다. 아헹가는 아사나를 통해 모든 것을 제공한다. 특히 사춘기에 큰 도움이 된다. 아헹가의 아사나 과정과 치유는 수백 장을 써도 모자랄 만큼 생리학적이고 과학적이다.

육체는 악기이다. 악기를 다룰 줄 알게 되면 악기에 대한 책은 필요 없게 된다. 필요한 것은 악기와 그것을 완전히 연주할 수 있도록 도와줄 스승뿐이다. 스승의 안내에 따라 끊임없이 연습한다면 결국 그 악기의 전문가가 될 것이다. 이와 같이 스승의 가르침에 따라 바르게 이해하는 동시에 실질적인 영적인 수행을 해나갈 때 비로소 요가가 가르쳐주는 영적 지식들도 자라나게 된다.

'숨'의 비밀

아헹가의 가르침 중에서도 나는 특히 호흡 훈련인 프라나야마 Pranayama 강의와 훈련에 푹 빠졌다. 아사나가 내면에 켜진 빛이라면 호흡은 내면에서 들리는 소리와 같다. 파탄잘리는 《요가 수트라》에서 숨을 들이마시기, 내쉬기, 그리고 유지·보유가 프라나야마의 세 종류라고 말한다. 호흡은 프라나의 의식·자각을 제공하는 데 매우 중요한 역할을 한다.

요가 문헌은 프라나야마의 과정에서 푸라카 pooraka, 레차카 rechaka, 쿰바카 kumbhaka의 완성된 과정을 설명한다. 숨을 들이마시는 푸라카 동안에는 놀라울 정도로 차가운 느낌이 존재한다. 숨을 내쉬는 레차카는 마음을 텅 비게 한다. 생각이나 어떤 종류의 정보도 존재하지 않는다. 프라나야마의 마지막 단계가 완성되면 신체적·정신적·영적 경험이 찾아온다.

호흡에 대해 알고 싶다면 먼저 '자아'나 '숨'에 대해 알아야 한다. 가장 오래된 초기 《우파니샤드》에서 '자아란 무엇인가'라는 질문에 성자가 답한다.

그대가 들이쉬는 숨(프라나 prana)으로 호흡하는 그가 그대의 자아(아트만 atman)이다. 그것은 모든 것 속에 있다. 그대가 내쉬는 숨(아파나apana)으로 호흡하는 그가 그대의 자아이다. 그것은 모든 것 속에 들어 있다. 그대 안에 편재한 숨(비아나vyana)으로 호흡하는 그가 그대의 자아이다. 그것은 모든 것 속에 들어 있다. 그대의 상승되는 숨(우다나udana)으로 호흡하는 그가 그대의 자아이다. 그것은 모든 것 속에 들어 있다. 모든 것 속에 있는 그가 그대의 자아이다. 생사의 근본은 호흡이다. 중요한 것은 바른 호흡을 익히는 것이다.

이어서 《우파니샤드》는 숨에 대해 이야기한다.

숨이 말했다. "내가 스스로를 다섯 등분하여 이 육신을 받치고 있도다." 숨이 자리했던 육신에서 일어나 나가려 하니 모든 숨들이 차례로 따라 일어났고, 그가 앉으니 다시 모든 숨들이 따라 앉았다. 마치 여왕벌이 일어나면 모든 일벌들이 따라 일어나고, 여왕벌이 앉으면 모두 따라 앉듯. 소리, 마음, 시력, 청각 등 모든 감각기관들이 숨을 쫓아 움직이니라.
가장 오래되고 가장 훌륭한 자를 아는 사람은 오래 장수하며 가장 훌륭한 사람이 된다. 숨이 가장 오래되고 가장 훌륭한 자이다. 한번은 감각들이 "내가 가장 훌륭하다, 내가 가장 오래된 자다"

하며 다투기 시작했다. 감각들이 이 문제를 해결하기 위해 창조주에게 갔다. "존경하는 아버지, 저희들 중에 누가 가장 훌륭합니까?" 창조주가 말했다. "너희들 중에 누구든 떠날 때 그로 인해 몸이 가장 곤란하게 되는 자가 가장 훌륭한 자이다."

목소리가 몸을 빠져나가 일 년 동안 밖에서 돌아다니다 돌아와 물었다. "내가 없는 동안 어땠소?" 다른 감각들이 말했다. "말 못하는 사람처럼 말을 하지 않고 지냈소. 그러나 숨으로 숨을 쉬고, 눈으로 보고, 귀로 듣고, 마음으로 생각하며 지냈소." 그래서 목소리는 다시 들어왔다.

눈이 빠져나가 일 년 동안 밖에서 돌아다니다 돌아와 물었다. "내가 없는 동안 어땠소?" 다른 감각들이 말했다. "앞을 보지 못하는 사람처럼 못 보고 지냈소. 그러나 숨으로 숨을 쉬고, 목소리로 말을 하고, 귀로 듣고, 마음으로 생각하며 지냈소." 눈도 다시 들어왔다.

귀가 빠져나가 일 년 동안 밖에서 돌아다니다 돌아와 물었다. "내가 없는 동안 어땠소?" 다른 감각들이 말했다. "듣지 못하는 사람처럼 못 듣고 지냈소. 그러나 숨으로 숨을 쉬고, 목소리로 말을 하고, 눈으로 보고, 마음으로 생각하고 지냈소." 귀도 다시 들어왔다.

마음이 빠져나가 일 년 동안 밖에서 돌아다니다 돌아와 물었다.

"내가 없는 동안 어땠소?" 다른 감각들이 말했다. "마음 없는 어린 애들처럼 생각을 하지 않고 지냈소. 그러나 숨으로 숨을 쉬고, 목소리로 말을 하고, 눈으로 보고, 귀로 들으며 지냈소." 마음 도 다시 들어왔다.

이제 숨이 몸을 빠져나가려고 했다. 훌륭한 말이 채찍을 맞고 묶 어놓은 못을 땅에서 뽑아버리듯, 숨이 다른 감각들을 몸에서 뽑 아버렸다. 그러자 모든 감각들이 숨에게로 와서 말했다. "숨이여, 그대가 우리들의 주인입니다. 우리 중 그대가 가장 훌륭합니다." 그러므로 그 누구도 소리, 눈, 귀, 마음, 어느 한 가지만 감각이 라 말하지 않는다. 그러나 숨은 감각이라 한다. 모든 감각들은 숨이 없이 존재할 수 없기 때문이다.

숨이 말했다. "나의 음식은 무엇인가?" 감각들이 말했다. "살아 있는 모든 것들이 그대의 음식입니다." 숨의 음식이 되는 그 모 든 것은 '아나ana'의 것이며, 아나는 숨의 또 다른 이름이다.

'우리가 사는 놀라운 집' 육체… 몸이다. 우리의 몸은 12층을 가진 왕궁과 같다. 어떤 보물들이 그 안에 숨겨져 있을까? 이 어 둡고 깊이를 알 수 없는 동굴(몸)에는 가장 순수한 맑은 빛을 지 닌 많은 보석들이 있다. 우리는 오랜 시간 동안 우리의 이 몸을 주의 깊게 쳐다보지 않았다. 우리는 외적인 청결과 겉모습을 돌보기 위해 날마다 시간을 보낸다. 우리 가운데 어떤 사람들은 '이 쇠퇴할 진흙 옷'(몸)을 아름답게 꾸미기 위해 지나치게 많은 시간을 쓰면서도 그 안에 어떤 경이로운 것들이 숨겨져 있는지는 결코 알아내려고 하지 않는다. 우리가 참으로 중요한 다이아몬드 광산을 소유하고 있다는 것을 찾으려 하지도 않는다.

프라나야마의 기술과 효과는 놀랍다. 명상으로 이어지기 위해서는 호흡 기술을 통해 감각 회수 프라티아하라Pratyahara로 발전해야 한다. 그래야 명상의 기본 토대가 생겨난다.

아사나와 달리 호흡 기술인 프라나야마는 미묘하고 섬세한 육체 내부의 일이라 나에겐 완벽한 내적 혁명이었다. 말 그대로 마음과 의식의 혁명이었다. 또한 그것은 그냥 기술이 아니라 아주 긴 세월 훈련해야 하는 예술의 경지였다.

그러나 그것은 첫 단계일 뿐이다. 프라나야마를 거쳐 사마디Samadhi, 그 사이에 있는 감각 회수인 프라티아하라는 건너뛰었고, 알지 못했다. 그 후 긴 세월이 흐른 다음 그 단계를 다시 밟고 훈련하고 경험했다. 요가는 수행의 좋은 도구이다. 각 단계별로 바르게 배우고 익히고 경험하지 않으면 이렇게 다시 돌아가야 된다. 시간이 더 걸린다. 나는 훗날 프라티아하라의 정수를 라다소아미 스승님으로부터 정확히 배웠고, 그래서 이제는 진주를 모아 목걸이를 만들 수 있게 되었다.

프라나를 설명하는 것은 '신'을 설명하는 것만큼이나 어려운 일이다. 그것은 물질적, 정신적, 지적, 그리고 성적인 에너지인 동시에 영적이고 우주적인 에너지이다. 모든 진동하는 에너지가 프라나이다. 《우파니샤드》에 따르면 프라나는 생명과 의식에 관한 원리이기도 하다. 프라나를 흔히 '호흡'이나 '호흡 기술'로 번역하는데, 그것은 프라나가 인간의 육체에서 드러내는 여러 양상 중 한 가지에 불과하다.

호흡이 멈추면 생명도 끝난다. 이 진리를 아헹가는 프라나야마를 통해 드러낸다. 아사나와 달리 호흡 수업은 한층 철저하다. 처음에는 언어에 걸리고, 실력에 걸리고, 잘해보려는 욕망에 걸리고, 장애가 엄청났으나 그래도 결국 해냈다. 아헹가의 자비심과 끝까지 지켜보시는 눈빛과 관심 덕분이었다.

여러 해가 흐른 뒤, 그토록 못 알아듣고 절절매던 나에게 아헹가 스승님이 책을 건네시며 번역을 하라 하신다. 이것이 《요가 호흡 정석》이다. 배우는 것만이 학습이 아니라 배우지 말아야 할 것을 배우는 것도 학습이다. 그분은 강의하면서 참으로 많은 것을 지도해주셨다. 스승님의 가르침에 머리 숙여 경의를 표한다.

내 안의 최상의 것을 끌어내는 법

우리는 뿌린 것의 열매를 거두고 있다. 실수에서도 배우고, 과거의 삶에서도 배운다. 우리는 뿌리는 대로 거둬야 하고, 지금 무엇을 뿌리든 거두게 될 것이다. 이 카르마를 거역할 수 있는 사람은 없다.

두 군대가 전투태세를 갖춘 채 대치하고 있었다. 전쟁이 시작되자 영웅 아르주나는 갑자기 의문이 생겼다. 한편에는 전사로서의 신성한 의무가 있고, 또 한편으로는 적군 안에 너무나 많은 친구와 사랑하는 가족이 있었다. 그래서 그들에게 무기를 사용할 수가 없었다.

《바가바드 기타》에서 크리슈나와 아르주나는 이런 내면의 갈등으로 대화를 시작한다. 신 크리슈나가 아르주나에게 말한다.

"전사로서 너의 의무를 생각하고, 떨지 말라. 전사에게 정의를 위해 싸우는 것보다 더 좋은 것은 없다."

우리는 어린 시절부터 투쟁을 삶의 부정적인 측면으로 생각해왔다. 그러나 투쟁은 좋은 것일 수도 있다. 대부분은 깨닫지 못하지만, 거의 모든 사람들은 날마다 내면의 전쟁터에서 싸움을 벌이고 있다. 우리 안의 한편에는 용감하게 운명에 직면하여 영적 의무를 수행할 수 있는 능력이 있다. 다른 한편에는 유혹에 빠져 진정한 목표를 흐트러뜨리는 부정적인 힘도 있다. 이 두 세력이 모두 우리 안에 있어서 매일매일 투쟁한다.

우리는 세상적인 책임과 영적인 책임이 균형을 이루도록 노력해야 한다. 그러나 오늘날과 같은 시대에 둘 사이의 균형을 유지하는 일은 매우 어렵다. 주변의 많은 사람들이 부패와 기만으로 살아갈 때 도덕적인 사람이 되기 위해서는 엄청난 내적 힘이 필요하다. 많은 용기가 필요하다. 부정적 요소가 끊임없이 위협을 가해올 때 가장 손쉬운 해결책은 도망가는 것인데, 문제는 어디로 가느냐다. 사실 어디에도 도망칠 곳은 없다. 갈등에서 벗어나는 유일한 방법은 그 갈등을 극복하는 것인데, 이것이 어렵기 때문에 성인들이 갈등이나 투쟁을 좋은 기회로 삼으라고 말씀하시는 것이다. 갈등과 투쟁은 오히려 변화와 성장을 위해 필수적인 것이라고 말이다.

우리 내면에 있는 전사의 영웅적인 자질을 드러내어 우리의 마음과 싸워서 이겨내야 한다. 그럼으로써 우리의 본질을 직면하고 영적으로 상승할 수 있다. 밖으로 도망칠 곳은 없다. 유일한 선택은 내면으로 들어가 명상 안에서 내적 힘을 찾아 안주하는 것이다. 우리 모두의 내면에는 아르주나가 있다. 우리에게는 약점도 있지만 위대한 영웅이 될 잠재력도 갖고 있다. 영적 의무와 세속적 의무를 동시에 이행하면서 용기와 인내로써 운명을 직면해야 한다.

영적 발전을 위해 가는 길에도 많은 유혹과 함정들이 도사리고 있다. 그래서 안내자가 없으면 길을 잃기 쉽고 위험에 빠지게 된다. 습관의 산물인 마음에게 늘 지고 마는 것이다.

성인들은 육체를 '신의 궁전'이라 한다. 요가는 이 육체를 통해서 어떻게 궁전 안으로 들어가는지를 알려준다. 요가는 음악과도 같다. 요가는 몸의 리듬, 마음의 멜로디, 영혼의 하모니를 합쳐 생명력의 심포니를 창조한다. 요가는 최상의 것을 끌어내는 가장 근본적이고 훌륭한 교육을 제공한다고 아헹가는 말씀하신다.

한국에서 이런 아헹가 요가를 지키며 맥을 잇고 계신 스님이 있다. 파주의 아쉬람에서 조용히, 진지한 제자들을 지도하고 계신다. 고마운 분들이다.

나는 명상으로 건너왔다. 인연 따라 온 것이다.

7

너의 스승은 따로 있다

———

오
쇼
라
즈
니
쉬

인도 대사관에 근무하는 현 아저씨가 어느 날 나에게 라즈니쉬를 아느냐고 물었다. 그분이 누구냐고 했더니, 세계적으로 유명한 도인인데 그분을 모르냐고 하면서 초청장 하나를 건넨다. 또 한 장은 한국에서 온 국제선교사한테 있다면서, 둘이 함께 가보란다.

며칠 뒤 교회에서 여자 선교사님을 만났다. 우리는 서로 다른 의문과 호기심을 품고 네팔로 떠났다. 거처로 삼을 곳은 네팔에 있는 선교 간호사 댁이었다. 당시 라즈니쉬는 미국에서 추방당해 인도로 직접 들어오지 못하고 네팔에 머물고 있었다.

상상해보라. 지금으로부터 40여 년 전에, 두 동양인 여자가, 털털거리는 버스를 타고, 그 넓은 인도 땅을 지나고 네팔을 지나 2박 3일을 달려간다…. 마을에 정차할 때마다 남자들은 왜 그리 몰려드는지…. 할 일이 없는 그 시절 네팔 남성들에게는 외국인 여자들이 지나가는 것만으로도 호기심이 발동했을 것이다. 참으로 다행이었던 것은, 두 여자가 모두 못생겼다는 것이다. 게다가 꼴은 거지 같았으니….

그 긴 시간 동안 씻지도 못하고 잠도 제대로 못 잔 채 라즈니쉬의 강연 장소인 솔티 호텔에 도착했을 때, 우리는 깡통조차 잃어버린 상거지 모습이 되어 있었다. 안내를 맡은 인도 여성에게 구겨진 초청장을 내밀었더니 '이것들은 뭐야?' 하는 눈빛으로 연신 훑어본다. 안내를 받아 간 자리는 라즈니쉬 의자 바로 앞이었다. 그분을 눈앞에서 보게 되다니…. 기다리는 동안 가슴이 뛰었다.

그때까지 나는 라즈니쉬에 대해 들은 것도, 아는 것도 없었다. 그분에 관한 책을 읽은 적도 없었다. 그때는 몰라서 못 읽었고, 지금은 알기 때문에 안 읽는다.

마침내 라즈니쉬가 등장했다. 나는 넋을 잃고 보았다. 부동자세로 보았다. 세상에 이렇게 아름다운 분도 계시는구나…. 이렇게 바로 앞에서 그 아름다운 눈동자를 보고, 말씀을 듣고, 그 거룩한 모습을 볼 수 있다니…. 라즈니쉬를 추방해준 미국이 고마울 정도였다. 그때만 해도 성인 친견이 익숙하지 않았던 때라 나는 무엇을 어찌해야 되는지, 무엇을 어찌하지 않아야 되는지 전혀 알지 못했다.

라즈니쉬는 천천히, 아주 천천히 잘 알아들을 수 있도록 자비롭게 강의를 이어나갔다. 나는 눈썹 하나 까딱하지 않고 앉아 있었다.

강연이 끝나고 사람들이 흩어질 때가 되어서야 주변을 돌아보면서 선교사님을 찾았으나 언제 나갔는지 모습이 보이질 않았다. 순간 불안이 올라오기 시작했다. 네팔에 살고 있다는 간호사의 이름도 성도, 가는 길도, 집 주소도 아무것도 모른다. 수많은 인파가 질서 없이 다 빠져나가고 주변이 휑해질 때까지 그 자리에 꼼짝 않고 서 있었다. 선교사님이 나를 찾아오겠지…. 아무것도 모르고 따라온 터라, 그분을 못 만나면 네팔에서 미아가 되고 말 것이었다. 설마… 하며, 모든 이들이 떠난 그 자리에 한참을 서 있었다. 점점 겁이 나고 두려웠다. 텅 빈 공간이라는 게 이렇게 무서운 건가? 아우성치던 그 많은 사람들은 다 어디로 갔을까? 한 시간이 넘도록 선교사님을 기다리는 동안 나는 무서운 적막감에 떨고 있었다.

어린아이가 아버지 손을 잡고 세상의 시장에 나갔다. 시장의 모든 것이 아이의 마음을 끈다. 놀고 있는 아이들, 재주 부리는 동물들, 음악 소리, 전기 불빛…. 보고 즐길 수 있는 것들이 아주 많았다. 아이는 보고 듣는 모든 것에서 기쁨을 얻었다. 그러다 아버지의 손을 놓치고 길을 잃는 순간, 두려움으로 울기 시작했다. 시장에서는 똑같은 것들이 계속되고 있었지만 그 무엇도 아이의 마음을 안정시키지 못했다. 아이는 아버지의 손을 잡고 있는 동안에만 평화와 기쁨을 얻을 수 있다는 것을 깨달았다.

생소한 호텔 정문 앞에서 눈물을 짜며 주변을 두리번거리고 있는데, 저쪽에서 멋진 검정색 승용차가 다가왔다. 차가 내 앞에 와서 서고, 차창이 내려가면서 낯익은 얼굴이 나를 내다본다. 아… 라즈니쉬였다. 왜 아직 여기 서 있느냐고 물으신다. 나는 아무 말도 못하고 더 서럽게 울었다. 비서를 시켜 다시 물으셨다. 나는 선교사와 함께 이곳까지 왔는데 사람들이 너무 많아 그분을 잃어버렸다고 했다. 그랬더니 숙소가 어디냐고 물으신다. 난 정말 바보처럼, 모른다, 어디로 가야 하는지, 왜 지금 여기 있는지 모른다고 했다. 라즈니쉬가 비서를 시켜, 따라오던 뒤 차에 나를 태웠다. 나는 '어차피 오늘은 늦었으니 숙소는 내일 찾아보자' 생각했다.

이때 차 안에서 만난 분이 친마야이다. 라즈니쉬의 일등 수제자로, 네팔을 책임 맡은 인도 남성이다. 친마야의 역할과 영향은 대단했다. 아주 친절하고 어머니와 같은 편안함을 느끼게 하는 분이다.

라즈니쉬를 모신 차를 따라 승용차 세 대가 함께 움직였는데, 나는 친마야 외에 여성 구도자 셋과 함께 두 번째 차에 타고 있었다. 차가 도착한 곳은 또 다른 호텔의 연회장 같은 장소로, 저녁식사가 예정된 곳이었다. 친마야가 말하길, 라즈니쉬께서 한국 여성을 아쉬람으로 데리고 가서 하루 재우고 선교사를 찾아서 잘 보내주라 하셨다고 한다. 내가 달라이 라마를 처음 뵈러 갔을 때와 똑같은 상황이 벌어지고 있었다.

망망대해에 떠 있는 섬들이 서로 떨어져 있는 듯하지만 깊은 바닷속으로 들어가면 하나로 이어져 있듯, 우연처럼 보이는 인연들이 엮어 만들어 보이는 이치를 어찌 이해할 수 있으랴. 황홀한 그분 앞에서 나는 아무 말도 하지 못했다. 훌쩍거리며 언어먹는 그 비싼 호텔 음식도 구정물처럼 흐르는 눈물에 가려 맛을 알 수 없었다. 달라이 라마를 처음 뵈었을 때와 똑같이….

나를 가둔 감옥

저녁식사 후 친마야를 따라 아쉬람으로 갔다. 작고 예쁜 방으로 안내를 받아 들어갔다. 고아가 된 것 같은 기분 속에서도 가슴이 설레면서 왠지 모르게 행복하다. 그 늦은 시간에 다들 홀에 모여 명상을 한다고 한다. 스무 명쯤 되었을까? 내 눈에는 그저 난리판이다. 좀 조용히 앉아 있지, 왜 저리들 춤추고 웃고 떠들고…. 그런데 참 이상도 하지? 그럼에도 불구하고 조용하다. 나는 그 조용함의 중심에 가부좌를 틀고 앉았다. 망상은 없었으나 그렇다고 깨어있는 것도 아니었다. 그들이 동적 명상에 취해 있을 때 나는 그냥 돌부처처럼 부동자세로 묶여 있었다. 가끔씩 어색함이 느껴지고 왜 저렇게들 정신없이 움직일까 싶기도 했지만 그냥 그렇게 묶인 채로 앉아 있었다. 노예였다. 나의 노예였다.

서너 시간의 명상 시간이 끝나고 각자 자기 처소로 들어갔을 때도 나는 그대로 그 자리에 앉아 있었다. 친마야가 나에게 와서 웃는다. 나의 거짓된 모습을 본 걸까? 폼 재지 말고 감옥에서 나오라고… 고독 안에 머무르려면 고독밖에 없어야 한다고… 신을 경험하려면 네 마음속에 신 외에는 아무것도 없어야 한다고…. 그는 무언의 대화를 통해 나의 거짓 안에서 수많은 것을 끌어내어 주었다. 나는 그의 소리를 듣고, 보고, 답했다. 그리고 21일간을 그 아쉬람에 머물렀다. 그들과 함께 명상으로 어울릴 수 있게 될 때까지 걸린 시간이었다.

그들과 함께 명상한 지 18일 되던 날, 나는 호랑이가 울듯이 목 놓아 울었다. 아쉬람의 상수자들이 모두 모여 나를 끌어안아 주었다. 그리고 축하해주었다. 나는 움직이기 시작했다. 몸이 감옥에서 빠져나온 것이었다. 고독이 나를 고독하게 만든 것이었다. 그 순간 나를 잊고 신을 만났으리라. 나는 그들과 함께, 그토록 이해하지 못했던 동적 명상으로 함께 흘러 들어가기 시작했다. 밤을 새워 웃고 울고…. 그렇게 동적 명상은 나를 감옥에서 걸어 나오게 했다.

그들의 언어와 몸짓과 눈빛까지 이해하는 데 걸린 시간들이 지난 뒤, 친마야와 함께 라즈니쉬가 계신 푸네로 갔다. 그리고 개인 오피스에서 다시 그분을 만났다. 세 번째 친견이었다. 내 가슴은 기대와 설렘으로 가득 차 있었다.

"선생님의 제자가 되어 한국에서 센터를 열 수 있게 해주십시오."

그러자 조용히 웃으시며 답하셨다.

"넌 이 생에서는 나의 제자가 아니다. 너의 스승은 따로 있다."

나는 무언가를 들킨 것처럼 몹시 부끄러웠다. 내 계산속을 이미 파악하신 듯했다. 라즈니쉬의 제자라고 잘난 척하고 싶은… 손바닥만 한 명상의 경험을 크게 부풀려서 유명해지고자 하는 마음… 영적인 것을 계산하고 거래하려 하는 내 무의식 속의 환상과 거짓을 그분이 어찌 모르셨겠는가?

나는 바로 참회했다. 그리고 그분께 진심으로 경배했다. 나는 내면에서 거짓을 버리고 있었다. 동적 명상을 통해 감옥에서 탈출하는 방법을 배운 덕분이었다.

라즈니쉬께서 웃어주셨다. 그 미소 안에서 안정감을 느꼈다. 성인들은 이런 것인가 보다. 우리는 인간으로서 영적 존재를 경험하는 것이 아니라, 영적 존재로서 인간임을 경험하고 있는 것이다. 제자로는 받아들이지 않으셨지만, 그분 앞에서 죄를 씻은 듯 경쾌해졌다. 거짓을 벗은 그 경쾌함은 놀라운 은혜이자 선물이었다.

두 손 모아 경배 드립니다

"누가 이 시간에 자꾸 만트라를 하는가? 그만하라!"

라즈니쉬께서 강의 중에 개인비서를 시켜 공개 안내를 했다. 라즈니쉬를 직접 대면하고 강연을 듣는 붓다 홀에는 이미 수백 명이 들어차 있었고, 자리가 모자라 강의실 밖에도 100여 명의 사람들이 비디오로 강의를 듣고 있었다. 나는 조용히 하고 있던 만트라를 중단했다. 그것이 나일 거라고는 꿈에도 생각하지 않았다. 설마….

다음 날 강의 시간에 나는 일부러 어제 앉았던 자리를 찾아 앉았고, 어제처럼 염주를 돌리며 속으로 '옴 마니 반메훔'을 외고 있었다. 라즈니쉬가 강의를 중단하고 개인비서를 불러 말씀하시는 모습이 보였다. 비서가 라즈니쉬의 말씀을 좌중에게 전했다.

"스승님의 강연에 방해가 되니 제발 만트라를 하지 말아 달라. 같은 사람이 같은 만트라를 하고 있다고 하신다."

나는 그대로 돌이 되었다. 몇백 명이 모여 있는 이곳에서 어제도 오늘도 같은 사람이 같은 만트라를 한다면 그건 나 아닌가? 놀라움 속에서 순간 나를 잊고 말았다. 그리고 신비로움과 끝없는 신뢰로 그분을 경외하게 되었다. 성인들의 자질은 이렇게 가끔씩 나를 온전히 잃게 만든다. 성인들은 이렇게 우리를 복종케도 하고, 은혜와 축복의 비를 퍼붓기도 한다.

결국 강의를 중단하고 들어가시는 라즈니쉬께 얼마나 죄스러웠는지…. 정말 그게 나인지 확인한답시고 했던 나의 행동을 어쩌나…. 같은 사람이 같은 만트라를 하고 있다고…? 진실은 정확하다. 그리고 아주 놀랍다. 초월된 의식에서 나오는 그것은 언어 너머에 있고, 모든 것을 잊게 만든다. 그 이후로는 나 스스로도 시험하지 않으려고 노력한다.

그 후로 해마다 연말이 되면 푸네에 와서 라즈니쉬의 강연을 들으며 일주일쯤 머물렀다. 이때 늘 만나는 친구가 있었다. 미국에 사는 한국인 여자 의사였다. 나는 이 여성에게 매력을 느꼈다. 항상 편안해 보이고 무언가 초연해 있는 그녀가 좋았다. 근 10년을 해마다 만나는 친구 사이가 되었다. 그녀에게는 눈의 홍채를 보고 치유하는 능력도 있었다. 미국에서 10개월간 열심히 돈을 벌어서 두 달은 푸네에 와서 삶을 즐기는 재미있는 수행자였다.

첫날 만트라 중단 지시가 나왔을 때 그녀가 "너지?" 하고 물었다. "이 많은 사람들 중에 그게 어떻게 나겠어?" 했더니 그녀가 하는 말. "여기는 전부 제자이기 때문에 아무도 그런 짓을 하지 않아. 제발 하지 마."

우리 둘은 아쉬람 숲속을 헤매고 다녔다. 하루는 숲속을 걸으면서 그녀에게 조심스럽게 말했다.

"라즈니쉬께서 돌아가실 것 같아."

그녀가 걸음을 멈추고 말했다.

"큰일 날 소리. 그런 소리 입 밖에도 내지 마."

그러고는 아주 작은 소리로 물었다.

"정말 그래?"

우리 둘은 한참을 앉아 있었다.

델리로 돌아오고 열흘쯤 뒤, 온 방송과 신문이 라즈니쉬의 열반 소식으로 장식되었다. 나는 눈이 퉁퉁 붓도록 울고 또 울면서 이틀 길을 달려 푸네로 갔다. 선정에 드시기 전, 곁에서 돌보던 러시아 의사들이 수명을 좀 더 연장시키자고 했을 때 라즈니쉬는 "그냥 쉬고 싶다" 하시고 영원한 고향집으로 돌아가셨다고 한다. 수많은 제자들이 순식간에 푸네로 모여들어 꽃가마를 만들고 파티 같은 분위기로 응원하고 찬양하는 가운데 나는 한도 없이 울고 웃었다.

영원한 안식을 얻은 라즈니쉬께 두 손 모아 경배 드린다. 감사합니다….

숲속에 스승과 제자가 살고 있었다. 어느 춥고 깜깜한 밤에 갑자기 큰 비가 쏟아지면서 천장이 새기 시작했다. 스승이 제자에게 말했다.

"나의 아들아, 지붕으로 올라가서 비가 새는 곳을 찾아라. 새는 것을 막기 위해 할 수 있는 일을 해라."

제자가 스승의 바람을 따르려 하다가 스스로 생각했다.

'바깥은 춥고 어둡다. 나는 젖게 될 거야. 지붕에서 미끄러져 떨어져서 다리가 부러질지도 몰라. 바깥으로 나가고 싶지 않아.'

제자가 말했다.

"스승님, 제가 지붕 위로 올라간다면 스승님보다 더 위로 올라가야만 합니다. 저는 그렇게 할 수 없습니다. 그것은 가장 불경한 행위가 될 것입니다."

스승은 아무 말 없이 급히 빗속으로 나가서 지붕에 올라가 비가 새는 곳을 고쳤다. 그가 내려왔을 때 장작이 떨어진 것을 보고 제자에게 말했다.

"나의 아들아, 숲으로 가서 장작을 모아 오너라."

제자는 스승의 바람을 따르고 싶었지만 숲에 대해 생각하자 두려움이 엄습했다.

'밖은 너무 어둡고 거친 짐승들이 있다. 나는 쉽게 다칠 것이고, 심

지어 산 채로 잡아먹힐지도 몰라.'

제자가 말했다.

"스승님, 제가 스승님을 떠나 숲으로 들어간다면 스승님께 등을 돌리는 것이 됩니다. 저는 그렇게 할 수 없습니다. 그것은 가장 불경한 행위가 될 것입니다."

스승은 아무 말도 하지 않고 숲으로 가서 장작을 모아 왔다. 그가 돌아왔을 때는 저녁식사를 준비할 시간이었다. 스승은 요리를 했고, 준비가 되었을 때 제자를 불렀다.

"나의 아들아, 음식이 준비되었으니 이리 와서 먹어라."

그 말에 제자가 뛰어와 스승의 발 아래 몸을 던졌다. 그리고 진지하게 말했다.

"오, 스승이시여. 제발 저를 용서하십시오! 저는 이미 두 번이나 스승님의 명을 거역했습니다. 세 번씩이나 거역할 수 없으니, 이번에는 반드시 스승님의 명대로 하겠습니다."

라즈니쉬를 찾아가는 길에 동행했던 선교사님은 수많은 세월이 흐른 지금까지도 나에게 예수님을 믿으라 한다. 나더러 한국의 사도 바울이 되라고 계속 기도하신다면서, 하느님이 너를 젠틀하게 다룰 때 말 들으란다.

선교사님은 하느님을 교회에서 보고, 나는 하느님을 어디에 서나 본다. 선교사님은 이러는 내가 마음에 안 드시나 보다. 예수님 아니면 안 된다는 선교사님의 생각에 맞설 의도는 전혀 없다. 나는 그녀의 지독한 신앙심을 사랑한다.

지금도 선교사님은 나의 절친이다. 내가 의문스러운 성경 구절을 만날 때마다 바로 질문을 하면 즉시 대답해주신다. 그것도 유창한 영어로. 내가 어느 날 말했다. 선교사님 돌아가실 때 그 머릿속에 있는 유창한 영어 성경을 나에게 주고 가시라고. 그러고 보니 우리는 나이차가 별로 없다. 만약 내가 먼저 가게 된다면 나는 무엇을 드리고 갈 수 있을까?

8

어느 곳에 있든 주인이 되라

———

서옹큰스님

삶과 관련해 우리가 이해해야 할 중요한 것이 카르마의 법칙이다. 카르마는 타고난 운명이며, 우리가 살아 있는 동안 마주해야 하는 것이다. 이것을 숙명 또는 프라랍드 카르마라 부르기도 한다.

우리가 과거 생에 지은 카르마는 이 생에서 우리의 숙명, 운명이 되어 있다. 그중에서 크리야만kriyaman 카르마는 우리가 지금 수행하고 있는 카르마이자 미래에 갚아야 할 카르마이다.

신칫sinchit 카르마는 카르마의 저장분이자 축적된 예비분이다. 예를 들어 어떤 사람이 한 생에서 천 마리의 개미를 죽였다고 했을 때, 그 다음 한 번의 인간의 모습으로는 그 천 개의 생명을 다 갚아낼 수가 없다. 그래서 그의 계산서에는 빚이 남아 있게 된다. 이렇게 전생에 뿌린 것을 한 생에서 다 갚을 수 없어 저장되어 있는 부분이 신칫 카르마이다.

드리타라슈트라 왕은 장님이었다. 하루는 그가 신 크리슈나에게 자신이 왜 장님으로 태어났는지 여쭈었다.
"저에게는 지난 백 번의 생에 대한 지식이 있는데, 그동안 저는 장님으로 태어날 만한 일을 한 적이 없습니다."
신 크리슈나는 드리타라슈트라의 머리에 손을 얹고 더 먼 과거 생을 보라고 했다. 그리고 그는 106생 이전에 했던 행위의 결과로 이번 생에 장님으로 태어났음을 알게 되었다. 어린 자신이 개미굴에서 나오는 개미들의 눈을 찔러 죽이고 있는 모습을 본 것이다.

카르마의 그물은 이토록 정교하다. 과거 생에 무엇을 심었든지, 나는 그것을 갚거나 혹은 받기 위해 이 생에 왔을 것이다. 불법이나 수행에 대해 지식도 관심도 없었던 내가 백양사에서 서옹 큰스님을 3년 동안 공양하며 시봉하게 된 것도 분명히 카르마에 따른 일이었을 것이다.

나의 첫 스승님

불교 집안에서 태어나 자란 나는 가끔 어머니를 따라 통도사로 경봉 스님을 뵈러 가기도 했고, 어느 날엔 해인사를 찾아가 성철 스님께 무릎이 닳도록 절하시던 어머니의 모습도 보았다. 그중 어머니가 가장 자주 가셨던 곳이 서울의 승가사였다. 꼭두새벽부터 인등 기름을 들고 어머니를 따라다닌 것이 불교와 관련한 내 경험의 전부였다.

어느 날 내가 절에 가서 석 달만 살고 싶다고 했을 때, 어머니가 권한 분은 서옹 큰스님이었다. 조계사에서 조계종 종정 임기를 마치고 백양사로 돌아오셨을 때였다. 어머니는 왜 하필 까다롭기로 이름나신, 그러나 늘 청정하고 곧은 길만 걸으신 그분께 나를 보내셨을까. 이 역시 운명이었으리라.

이렇게 해서 나는 전남 장성에 있는 백양사에서 3년 동안 서옹 큰스님을 시봉하며 살게 되었다. 스님은 채식주의자이자 《임제록》의 대가였다. 원칙에서 어긋남이 없었고, 늘 경전과 함께 조용한 시간을 보내는 것이 그분의 일상이었다. 큰스님의 얼굴에서 고요한 내면의 평화가 흘러나오는 것을 뵐 때마다 나는 환희심으로 합장을 올렸다.

점심공양이 끝나면 산책을 하셨다. 암자로 가는 산책길을 내가 헉헉거리며 뒤쫓아가면 스님께서 돌아보시며 특유의 잔잔한 미소와 함께 "그 나이에 이게 힘들어?" 하셨다. 스님은 절대 목소리를 높이거나 큰 소리로 웃지 않으셨다. 어느 날 "큰스님은 항상 미소 짓고 계시는 거 아세요?" 했더니 "그러냐?" 하시고는 끝이었다. 그렇게 늘 조용한 평화로움 속에 계셨다.

세상은 카르마의 밭이다. 내가 무엇을 뿌렸든 지금 거두고 있으며, 지금 무엇을 뿌리든 미래에 거둘 것이다. 성서에도 '뿌린 대로 거둔다'고 되어 있지 않은가. 고추를 심었다면 고추가 나올 것이고, 과일을 심었다면 과일이 나올 것이다. 과거에 어떤 행위를 했든, 지금 어떤 씨앗을 심고 있든, 그 열매를 거두기 위해 우리는 다시 돌아와야 한다. 이것이 진실이다.

나는 과거 생에 무엇을 심었기에 큰스님을 시봉하는 행운을 누리게 됐을까? 하지만 나의 카르마에 대해 너무 분석하려 들 필요는 없다. 카르마 스스로 알아서 할 것이기 때문이다. 카르마가 나의 선택을 돌볼 것이다.

큰스님을 따라 채식주의자가 된 지 어언 40년이 되어간다. 계율을 굳건히 지켜오신 그분을 따라 율사처럼 살면서 넘어지고 일어나고 또 넘어지고 일어나고를 거듭했다. 백 번을 넘어져도 그분의 조용한 미소는 언제나 나를 일으켜주셨다. 결국 구도자가 되어 계율을 지키지 않으면 해나갈 수 없는 길, 명상의 길을 걸으며 왜 하필 이분을 만나게 되었을까 하는 의문이 풀렸다.

그 시절엔 무조건 받들고 순종하며 살았다. 수행이 무엇인지도, 영성이 무엇인지도 몰랐다. 구도? 해탈? 이런 것들은 내 머릿속에도 가슴속에도 전혀 없었다. 내가 좋은 집안에 태어나 훌륭한 부모 만나고 자연스럽게 이 길에 들어설 수 있었던 것은 분명 전생의 복일 것이다. 영적 세계의 입구에서 큰스님을 처음으로 만난 것은 내가 누린 복 중에서도 가장 귀한 복이었다. 깨달은 이를 '불'이라 한다면, 서옹 큰스님이 바로 그런 분이었다. 가르침을 '법'이라 한다면, 그분의 말씀이 바로 그러했다. 가르침대로 살고자 하는 이들을 '승'이라 한다면, 나는 승가에서 살았다. 이 셋이 가장 안전한 피난처라 했으니, 어찌 나를 행운아라 하지 않을 수 있겠는가.

늘 말씀이 없는 큰스님을 따라 움직이면서 정말로 큰 것들을 경험했다. 왜 비구니가 되지 말라 하셨는지도 지금은 안다. 더 많은 생을 헤매지 말고 이 생에서 마감해야 한다. 다시 새로운 집을 짓지 말고 환상에서 깨어나 새벽을 향해 나아가야 한다. 이 육신 안에 있는 수많은 값진 보물을 토대로 정진해야 한다.

"울고 싶으면 실컷 울어라"

큰스님은 《임제록》 법문차 일본으로 자주 법회를 다니셨다. 어느 날 일본을 다녀오신 뒤에 짐가방 정리를 하고 계셨다. 일본의 불자들에게 받은 선물들을 꺼내면서 "이것은 A를 주고, 이것은 B를 주고, 이것은 C를 주고…" 하시는데, 그중에 내 눈을 사로잡는 것이 있었다. 안에서 욕심이 올라오는 것을 느끼며 그것을 집어 들었을 때, 스님께서 "그건 김 간호사 보살한테 줘" 하신다. 당시 스님과 가까웠던 보살님이었다. 남편과 일찍 사별한 뒤 적십자에 근무하며 아들 둘을 키우고 있었는데, 처지를 불쌍히 여긴 스님이 늘 잘 챙겨주시는 분이었다. 내가 갖고 싶어 집었던 것을 다른 사람에게 주라고 하시는 말씀에 서운함이 밀려들었다.

어쨌든 큰스님의 말씀이니 순종해야 했다. 주말에 절을 찾아온 그녀에게 선물을 전해주기는 했지만, 나는 속으로 화가 나 있었고 마음이 몹시 불편하고 혼란스러웠다. 아마도 그 근원은 질투심이었을 것이다. 질투심이 분노를 만들고, 분노가 에고를 부추기고….

선물을 전달한 다음 날, 온몸에서 심한 두드러기가 올라왔다. 큰스님께서 주지스님을 불러 나를 병원에 데려가라고 하셨다. 인사를 드리러 큰스님 방에 들어가 "잠시 다녀오겠습니다" 했더니, "그래도 병원은 다녀와야겠지?" 하신다. '그래도…?' 이 말이 머릿속을 탁 친다. 아, 병원이 아니지….

밖으로 나와 골방으로 들어가 앉았다. 갑자기 서러움이 밀려들었다. 이어서, 비겁하고 쩨쩨하고 교활한 내 마음을 끌어안고 통곡하기 시작했다.

큰스님이 방문 밖에서 말씀하셨다.

"이틀만 지나면 다 가라앉을 터이니 울고 싶으면 실컷 울어라."

그때 나는 어리석음으로 울었지만, 지금은 고마움에 운다. 내 영성의 씨앗은 그분을 통해 발아하고 있었다. 그분의 나지막한 음성과 잔잔한 미소는 내 영혼 위에 흩뿌려진 자양분이었다.

육조 혜능은 말했다.

사람의 몸은 도시이다.

너의 마음은 왕국이고, 너의 품성은 임금이다.

다섯 대문은 밖에 있고, 지혜의 대문은 내면에 있다.

임금이 왕궁에 있으면 본성은 깨어있고,

본성이 사라지면 임금도 사라진다.

몸 밖에서 찾지 말라.

본성이 어두우면 부처인 네가 중생이고,

본성이 밝아 깨달으면 중생인 너는 부처이다.

학과 두꺼비

백양사 큰방에서 큰스님의 주도로 백일 참선 법회가 열렸다. 처음에는 100명 정도가 모여서 시작했는데 한 달이 지나자 30명 정도가 빠져나갔고, 두 달이 지나자 또 30명 정도가 빠져나갔다. 석 달이 지나니 큰스님과 나, 그리고 화백 한 분 이렇게 셋이 남아 있었다. 그 시절 유명했던 이 화백님은 훗날 큰스님보다 먼저 세상을 떠나셨다.

큰방에 큰스님과 앉아 있을 때 주지스님이 지나가며 놀리셨다.

"학 한 마리와 두꺼비 한 마리가 앉았네."

그때 참선법을 제대로 배웠더라면 좋았을 것을….

그대들은 자기 밖에 있는 어떤 것에도 의지하지 말라.
자신이 하나의 성이 되어 그 안에서 위로받아야 한다.

이런 부처님 말씀을 기억하고 참선을 한 것이 아니라 그저 길게 앉아만 있었던 것 같다.

큰스님이 진심으로 아끼셨던 분 중에 미산 스님이 있다. 그 어리신 분이 얼마나 점잖고 수승하셨는지…. 가끔 문안드리러 오는 날에는 큰스님 마음이 잔칫집이다. 어느덧 나는 큰스님 마음을 읽을 줄 알게 되었다. 무엇에 기뻐하시고 무엇에 슬퍼하시는지가 다 보였다.

큰스님은 문안을 마치고 내려가시는 어린 스님의 뒷모습이 보이지 않을 때까지 지켜보셨다. 무슨 기도를 하셨던 걸까?

나의 부모님도 마찬가지였을 것이다. 훗날 어머니가 나에게 말씀하셨다.

"너를 만나 다행이다."

큰스님이 미산 스님을 향해 품었던 마음도 그러했을 것이다.

'네가 있어 다행이다.'

스님 자신보다도 우리 불교계를 염려하는 마음에서 나온 것이었으리라.

내적 부동자세

초파일 행사가 끝나고 저녁공양을 마친 뒤에 큰스님이 나를 방으로 부르셨다. 등 하나를 주시면서, 위에 있는 암자에 다녀오라하신다. 이 시간에…? 초 하나를 더 주시면서, 다 꺼지기 전에 다녀오라고 하신다. 그것을 들고, 늘 큰스님 모시고 산책 다녔던 산길을 따라 암자에 다녀와야 하는 것이다.

한 시간이면 올라가던 그 길이 왜 그리 길게 느껴졌는지…. 나는 초 두 개가 다 타도록 암자에 도착하지 못했고, 길을 잃고 이리저리 헤맸다. 도대체 어디로 가고 있는지 몰랐다. 무서웠다. 문득 큰스님의 말씀이 생각났다.

'밤길을 가다 길을 잃으면 하늘을 보아라.'

두려움에 떨며 올려다본 하늘… 칠흑같은 어둠 속에 떠 있는 별과 달…. 나는 평화로움 속에 서 있었다.

적막함 속에서 들려오는 소리…. 고요를 뚫고 다가오는 그 소리를 따라 올라갔다. 마침내 멀리서 흔들거리는 불빛이 보였을 때 촛불이 죽었고, 나의 기억도 사라졌다.

누군가가 나를 깨운다. 암자에서 수행하고 계시던 지혜 스님이다. 안도감 속에서 한참을 꼼짝 못하고 누워 있었다. 아침 예불이 시작되기 전에 내려가야 하는데….

한참 만에 몸을 일으킨 나에게 지혜 스님이 대나무 끝을 놓치지 말고 꼭 잡고 따라오라 하신다. 날듯이 앞서 뛰는 스님을 따라 대나무 끝을 꽉 잡고 무조건 따라 뛰었다. 백양사에 다다랐을 때, 적막 속에서 아침 예불을 알리는 북소리가 천지를 깨우고 있었다.

지혜 스님을 따라 큰스님 방으로 들어갔다. 큰스님께서 지혜 스님께 수고했다 하신다. 따라 들어오신 주지스님은 쪼그만 가시나 하나가 온 절을 다 걱정시킨다고 나무라신다. 지혜 스님은 아침공양도 마다하고 도로 암자로 올라갔다.

어느 날 큰스님께서 느닷없이 설악산 달마봉을 갔다 오라고 하셨다. 나는 달마봉이 어디 있는지, 왜 거기를 갔다 오라 하시는지 몰랐다. 그때나 지금이나, 나는 어른이 하라고 하시면 그냥 한다. 스님께서, 속초를 가서 신흥사를 거쳐 설악산 입구에 도착하면 밤 9시경일 터이니 그때부터 올라가라고 하신다.

나는 무작정 올라갔다. 한 시간쯤 올라가다 무서워져 그냥 내려갈까 망설여졌다. 어떤 핑계라도 만들어서 다시 내려가고 싶었다. 용기를 내어 염불을 하기 시작했다. 큰소리로 '관세음보살'을 외치면서 오르고 또 올랐다. 몇 시간을 올라갔을까? 아무리 올라가도 칠흑같은 어둠뿐이었다. 온몸이 땀으로 뒤덮였고,

차가운 밤공기에 오한이 밀려왔다. 기절할 것 같은 두려움 속에서도 '무슨 의도가 있으시겠지…' 하는 믿음 속에 하늘을 올려다보고 별들에게 위로받으며 악착같이 염불을 하며 올라갔다. 달과 얘기하고 바람한테 의지하면서 올라갔다.

멀리서 아슴푸레하게 여명이 밝아올 무렵, 커다란 산등성이에 올라앉았다. 밤과 낮이 교차하는 순간의 신비로운 아름다움에 몰입해 있을 때, 뒤에서 목소리가 들렸다.

"뉘신고?"

몸과 마음이 동시에 부동 상태가 되었다. 이런 곳에 사람이 산단 말인가…?

추운데 들어와서 차를 마시라고, 거친 목소리가 말한다. 어디로 들어가자는 걸까? 노인의 뒤쪽을 살펴보았다. 사람이 겨우 기어 들어갈 만한 구멍이 보였다. 노인이 그곳으로 들어간다. 내 몸은 추위에 떨고 있었다. 무언가에 홀린 듯 노인을 따라 기어 들어갔다. 제법 넓은 공간이 나왔고, 나는 또 한 번 놀랐다. 그곳에는 늙은 여인이 앉아 있었다. 내가 꿈을 꾸고 있는 걸까…?

태어나서 처음 보는 허름한 거처였다. 마치 거지들의 살림집 같았다. 세상에 거지는 많아도 해를 끼치는 거지는 드물다. 내가 먼저 해치지 않는데 나에게 해를 입힐 사람은 없다…. 나는 안심하고 그분들이 건네준 차를 마시며 몸을 녹였다. 밖에서 보면 무심코 지나갈 만한 돌산이었고, 산등성이에 듬성듬성 뚫린 동굴 같았다. 그러나 좁은 입구를 지나 들어간 곳에 호롱불빛이 있었고, 나무를 태워 깡통에 끓여주는 찻물도 있었다. 군데군데 무언가가 쌓여 있기도 했다.

차를 마시면서 노인이 묻는다. 왜 여기까지 왔느냐고. 서로 얼굴도 보이지 않는 흐릿한 호롱불빛 속에 말소리만 오고 갔다. 내가 시봉하고 있는 서옹 큰스님께서 달마봉을 다녀오라고 하셨는데 그곳이 혹시 어딘지 아시느냐고 물었다. 그랬더니 '여기'라고 한다. 이곳이 달마봉이라고. 서옹 큰스님을 아신다고 했다. 두 분은 어떻게 아는 관계일까? 더는 생각을 끌고 가고 싶지 않았다. 갔다 오라 한 분도 전달사항이 없었고, 아신다고 하는 분도 전해달라는 말이 없었다. 몸도 녹이고, 마음도 녹이고, 백양사로 돌아왔다.

돌아온 나를 보고 큰스님은 아무 말씀도 없으셨다. 나도 아무 말 없이 합장하고 방을 나왔다.

그때로부터 40여 년이 흘렀다. 그 시절 나는 '내적 부동자세'가 무엇인지, 요가에서 말하는 '쿤달리니'가 무엇인지 전혀 알지 못했다. 하지만 그때 나는 몸속 깊은 곳 세포들의 움직임만 빼고 부동자세였다. 이것을 어찌 글이나 말로 표현할 수 있을까. 나의 경험은 통상적인 생각이나 상상을, 일상적인 마음을 뛰어넘는 것이었다. 언어나 생각으로는 절대로 이해할 수 없는 것이었다.

나 자신을 보라

큰스님을 시봉하기 위해 백양사로 들어오면서 부모님께 약속한 것이 있었다. 첫째, 큰스님하고만 지낸다. 둘째, 부모가 누구인지 말하지 않는다. 내가 백양사로 들어온 것도, 큰스님 시봉을 하게 된 것도 내 운명이다. 수행이나 해탈이나 마음공부에 대해, 영성이니 참선이니 명상이니 하는 것들에 대해 전혀 모르던 시절이다. 그냥 아무 이유 없이 석 달만 절에 살고 싶다고 해서 부모님께 허락받은 것이다.

큰스님을 시봉하거나 승려가 되거나 절에서 일을 하는 것은 큰 복일 것이다. 지금은 모르겠으나 그 시절에 공양주라 하면 남편과 사별했거나 이혼을 한 불행한 여성이라는 생각들이 있었고, 재산이나 학벌이나 혹은 외모 등이 미흡하거나 초라하거나 해서 뭔가 고통스럽고 불행한 사람들이 절밥을 먹는다는 생각들이 지배적이었다. 물론 그와 같은 고통 덕에 부처님의 가르침을 공부하게 된다면 그보다 더 큰 행운이 없다고 생각할 수 있겠지만, 나의 생각은 조금 다르다. 부처님 같은 스승을 모시는 이는 세상에 살되 세상에 물들지 않을 만큼 현명하고 높은 의식을 갖고 있어야 한다. 상급일수록 더 좋다. 세상에서 모든 일을 할 수 있음에도 불구하고, 모든 조건을 갖추었음에도 불구하고, 그것이 모두 환상임을 알고 수행해 나가는 이라면 더욱 좋을 것이다.

당연한 얘기지만 그 시절 백양사 화장실은 재래식이었다. 앉아서도 아무런 걸림 없이 하늘을 올려다볼 수 있었고, 밤에는 달과 별들을 볼 수 있었다. 큰스님의 가르침에 따라 원효대사의 《초발심자경문》을 석 달 만에 겨우 마친 어느 날, 화장실에 앉아 하늘을 올려다보는데 갑자기 눈물이 터져 나왔다. 정말 운명이 무엇이기에 이리도 한 치의 어긋남이 없단 말인가? 서옹 큰스님을 시봉하며 지낸 천일의 시간 동안 나에게 어떤 깨달음의 순간이 있었다면 그건 바로 이날 백양사 화장실에서였을 것이다.

어머니께 전화를 드렸다. 우리는 명동성당 앞 로얄호텔 커피숍에서 만났다. 한 영혼과 한 영혼이 살아 있는 존재로서 하나가 된 순간이었다. 그 후로 나는 그분을 단지 어머니로서가 아니라 한 여성으로서 존중했고 사랑했다.

앞서 밝힌 것처럼 나에게는 두 분의 어머니가 계시다. 두 분 사이에서 많은 갈등을 겪기도 했었다. 왜 내 운명의 씨줄과 날줄이 이렇게 엮였는지, 왜 이분은 날 낳으셨고 이분은 왜 날 키워주셨는지, 나는 왜 이런 각본을 들고 세상에 나왔는지, 내가 무엇을 잃어버렸고 무엇을 찾고 있는지, 이제는 볼 수 있다. 우리의 마음이 방 일부를 비추는 전등이라면, 우리의 의식은 방 전체를 밝히는 등불이다. 나에게는 모든 것을 마음으로 본 시절이 있었고, 지금은 의식으로 관찰하고 있다.

《육조단경》에 나오는 이야기이다.

5조 선사가 제자들을 불러 모아 말씀하셨다.
"사람의 가장 중요한 것은 죽고 나는 삶이다. 그대들은 자신의 나날들을 공양을 바치고 은혜를 쌓는 데 보내고 있다. 생사고生死苦에서 빠져나오는 길을 찾아라. 만일 그대의 본성이 장님이라면 어떻게 출입구를 찾겠는가? 방에 들어가 그대 자신을 보라."

촘촘히 얽힌 인연

어느 날 아래채에서 원주스님이 올라오셨다. 나의 백양사 생활은 큰스님과 붙어 있는 위채에 국한되어 있었고, 큰스님을 시봉하는 일 외에는 거의 단절된 생활이었다. 백양사에는 선방도 있었고, 선원에는 경전을 배우러 오신 젊은 스님들도 많이 있었다. 엄격한 계율을 지키며 염불선을 하시던 그 유명한 혜관 스님도 계셨다. 이런 전체 흐름은 알고 있었지만 개인적인 사생활은 없었다. 그런 나에게 아래채 대중공양방으로 내려오라니….

영문을 모른 채 큰스님께 말씀드렸더니 아래채에 전화를 걸어 무슨 일인가 물으신다. 전화를 끊으시고는 내려가겠느냐고 물으시길래 다녀오겠다 말씀드리고 아래채 대중방으로 갔다.

말로만 듣던 '대중공사'를 한다고 다들 모여 있었다. 양옆으로 쭉 스님들이 앉아 있고, 그 한가운데 내가 앉았다. 왜 나를 불렀는지는 몰랐지만 분위기는 엄중했고, 뭔가 벌을 주려 한다는 느낌이었다. 스님들이 하시는 말씀을 들어보니, 한마디로 내가 건방지다는 것이었다. 위채에서 큰스님 시봉한다고 다른 사람들은 안중에 없고 무시한다는 것이다.

나는 그 분위기를 알아채고 아무 소리 안 하고 그들에게 삼배를 하고 나왔다. 무척 억울해하는 내 마음이 보였다. 다시 들어

가서 따질까? 왜 내가 저런 사람들한테 삼배를 해야 되지? 그
짧은 순간에 오만가지 생각이 올라왔으나 나는 '악한 계획'을 포
기하고 위채로 올라왔다.

　큰스님께 다녀왔다고 말씀드리니, 어찌하고 왔냐고 물으신
다. 그냥 삼배하고 나왔다 하니 웃으시며 '잘했다' 하신다. 나는
나의 나쁜 마음을 말씀드리지 않았다. 숨긴다고 그분이 모르시
랴. 잘했다며 웃으신 것은 이미 내 마음을 보셨기 때문이리라.

　그런데 나를 대중공사에 부쳤던 이 스님을 훗날 다시 만나게
될 줄이야….

　몇 년 후 인도 유학 도중 여름방학을 이용해 한국에 나와 있
었을 때의 일이다. 우연히 조계사 앞을 지나가다가, 체격 좋은
비구스님 한 분이 여자들 틈에서 승복이 찢겨가며 곤란을 겪고
있는 모습을 보았다. 무슨 일이었는지는 정확히 기억나지 않지
만 조계사가 스님들의 대립으로 난리가 났을 때였다. 나는 여자
들을 헤치고 들어가, 봉변을 당하고 있던 스님 앞을 막아서며
빨리 절 안으로 들어가시라고 했다. 여자들의 고성과 욕설과 삿
대질이 마구 날아들었다. 이 사람들이 왜 이러고 있는지, 나는
왜 이러고 있는지 아무 생각이 없었다. 그러고는 아무 일 없었

던 것처럼 조계사 옆 '상운중심'으로 들어갔다.

훗날 인도 유학을 마치고 상운중심 3층에 요가 연구소를 개설했을 때, 하루는 검은 승복을 걸친 스님이 들어오더니 예전에 옷자락을 찢기며 봉변을 당하던 비구라고 자신을 소개했다. 이어서 스님이 덧붙인 말에 나는 한 번 더 놀랐다. 그때 내가 스님을 알아보고서 도와준 줄 알았다는 것이었다. 누구셨더라…? 아…! 그분은 바로 백양사 시절 나를 대중공사에 부쳤던 바로 그 스님이었다! 이유도 모른 채 그저 삼배로 참회하고 나왔던 그날의 일을 주도했던….

빈틈없이 촘촘히 얽힌 이 인연을 어찌 설명할 수 있을까. 그 스님께 내가 어느 생엔가 진 빚을 갚은 것일까? 아니면 그 스님이 이 생에서 나에게 빚을 진 것일까? 내가 빚을 갚은 것으로 여기는 쪽이 나을 듯싶다.

그저 은혜였습니다

훗날 링 린포체가 한국을 방문했을 때, 마지막 일정이 제주도 관음사 행사였다. 이때 서옹 큰스님도 제주도에 내려오셨으나 절에 머물지 않고 제주도의 큰 어르신이신 소암 현중화 선생님 댁으로 가셨다. 두 분은 절친한 사이였다.

소암 선생님은 함께 서귀포를 걷다 보면 제주도 사람들이 멀리서부터 달려와 땅에 엎드려 절을 할 정도로 귀한 어른이셨다. 링 린포체와 그 일행도 소암 선생님 댁에서 만났다. 선생님과 큰스님이 먹을 갈아 한지를 펴놓고 글씨를 쓰셨다. 맑디맑은 눈동자를 지닌 링 린포체는 호기심 천국이다. 두 어른 사이를 뛰어다니며 먹물도 묻히고, 수염도 잡고, 이마도 갖다 댄다. 육신으로 보면 두 분은 칠십이 넘은 노인이고, 링 린포체는 열 살도 안 된 어린아이다. 그럼에도 불구하고 세 분은 영적 벗이었다. 링 린포체는 한국에 와서 오랜 벗들을 만난 것이었다. 고향 친구들을 만난 것이다. 환생자의 이야기는 끝이 없었다.

지눌 선사는 말했다.

그대들은 열성을 품어야 한다. 불법을 따르는 것이 너무 어렵다고 실천하지 아니하면, 과거에 좋은 업을 쌓았다 하더라도 버리는 것이 된다. 어려움은 더해가고 목적지는 멀어져갈 것이다. 지금 그대는 보석으로 가득하다. 어찌 빈손으로 돌아가겠는가? 인간의 몸을 잃으면 다시 기회를 회복하기 어려울 것이다. 조심하라.

미르다드는 말한다.

인간은 스스로 불행이라는 손님을 초대해놓고서는 자신이 언제, 어떻게 초대장을 써서 보냈는지 잊어버린 채 넌더리를 내며 손님에게 항의한다.
그러나 시간은 잊지 않는다. 시간은 적절한 때에 초대장을 정확한 주소로 배달하여 초청객을 초대자의 집으로 안내한다.

승려가 되지 말라는 큰스님의 명을 어기고 스스로 딱 천일을 작정하고 스와미라는 이름의 승려로 시간을 보낸 적이 있었다. 큰스님이 상도동에 있는 백운암에 계실 무렵이었다. 삭발을 하고 승복을 입은 채, 넓은 대학 운동장에서 포행을 하고 계시던 큰스님께 다가가 인사를 올렸을 때, 스님은 나를 외면하신 채 계속 걷기만 했다. 나는 한마디도 드리지 못하고 그 넓은 대학 운동장 바닥에 엎드려 큰스님을 향해 삼배를 올린 뒤 돌아 나올 수밖에 없었다.
훗날 인도 유학을 마치고 한국으로 돌아와 문진희 요가 연구소를 개설했을 때, 어떻게 아셨는지 큰스님께서 글 한 장을 써서 상좌를 통해 보내주셨다.

"隨處作主(수처작주)"

긴 세월이 지난 뒤 이 글은 미산 스님이 계신 절로 갔다.

큰스님께서 살아계실 때 어린 나이의 미산 스님이 다녀가시면 미산 스님이 후에 큰스님이 될 거라 말씀하셨다. 미산 스님은 큰스님의 계보를 잇고 있으며 현재 카이스트 교수이자 상도선원의 혜주로서 전통 불교와 현대 불교를 균형 있게 아우르고 계신다.

'지금은 읽어도 이해하기가 힘들 거야' 하시면서도 매일 원효 대사의 《초발심자경문》을 풀어주시던 큰스님. 목욕재계하고 작은 법상 위에 경전을 올려놓고 앉아 큰스님을 기다리던 시간들이 보석과 같은 은혜였음을 깨닫습니다. 미약한 존재를 위해 가사장삼 두르시고 경전을 가르쳐주시던 스님. 당신께서는 거칠고 메마른 제 영혼의 싹을 키워주셨습니다. 그 덕분으로 제가 지금 여기 있습니다. 제게 왜 그리하셨는지 이제는 알았습니다. 스님의 큰 자비심과 깊은 바람 귀하게 간직하고 더욱 정진하여 이 생을 마감할 때 스님 계신 높은 의식의 장으로 가겠습니다.

영적 존재인 우리는 두 가지 축복의 기회를 부여받았다. 첫 번째는 인간의 몸을 받아 태어난 것이다. 우리의 육체는 수백만 년에 걸친 진화를 거쳐 받은 귀한 선물이고, 윤회의 고리에서 벗어날 유일한 기회이다.

두 번째 축복은 완전한 스승을 만나 수행을 하여 높은 영역에 도달하는 것이다. 명상과 수행을 통해 우리는 이 세상에서 벌어지고 있는 '운명'이라는 이름의 잔치를 제대로 즐길 수 있다.

9

오직 정진할 뿐

소공자 선생님
뿐 선생님

백양사 시절의 어느 날 이른 아침이었다. 종무소에서 누군가가 나를 찾아왔다는 전갈이 왔다. 나가 보니 신사 한 분이 와 계셨다. 그분 말씀이, 오늘 오후에 자신의 스승님 생신 행사가 있는데 스승님께서 나를 데리고 오라 하셨다고 한다. 대체 그 스승은 누구이며, 어찌 알고 절에 있는 나를 데려오라 하신 걸까? 어리둥절해 있는 나에게 신사는 간절한 어조로 참석해줄 것을 부탁했다. 큰스님께 허락을 받은 뒤 그분 차를 타고 서울로 올라갔다.

행사가 열리고 있는 홀 안으로 들어섰을 때, '스승'이 100여 명 정도 되는 제자들 앞에 앉아 계셨다. 그분과 눈이 마주치는 순간… 주위가 온통 빛이었다. 하늘에서 보슬비가 내리듯 온통 빛이 쏟아져 내렸다. 방광放光? 오라? 라티안? 뭐라 해도 상관없다.

아무런 생각 없이 그분께 걸어갔다. 그리고 자리에서 일어나시는 그분을 끌어안고 한참을 소리 내어 울었다.

잠시 후 정신을 차리고 보니 둘러선 제자들이 넋을 잃은 듯 어리둥절해하고 있었다. 웃고 있는 것은 그분과 나뿐이었다.

이분이 소공자 선생님이다. 행사를 마친 뒤 선생님은 '내 옷이 문 선생님 눈물 콧물로 더러워졌다'고 했다. 이분에 대한 세상 사람들의 평가가 다양하다는 것을 안다. 그러나 나는 그분의 영적 의식을 믿는다. 자신이 믿는 것과 모습과 다르다고, 자신이 믿고 있는 것과 색깔과 다르다고 비난하는 것은 옳지 않다.

그 후 선생님의 강의를 몇 번 들었다. 전생 보는 법도 배웠다. 내 것도 보았고, 남의 것도 볼 줄 알았다. 빛도 볼 줄 알았고, 빛도 보여줄 줄 알았다. 그때 나에게는 '귀족의식' 같은 것이 있었던 것 같다. 경험으로 이해하게 된 것들을 거의 입 밖에 내놓지 않았기 때문이다. 그땐 주변에 벗이 없었고, 진지한 구도자가 없었다. 적어도 한국 안에서는 찾지 못했다. 아니면 내가 그런 것들을 남들에게 전달할 만한 처지가 못 되었는지도 모른다.

같은 쪽으로 향하는 사람들

내가 안국동에서 문진희 요가 연구소를 할 때였다. 해질 무렵한 청년이 연구소를 찾아왔다. 자기 스승님이 나를 데리고 오라고 하신단다. 소공자 선생님도 이렇게 만났었는데… 또 나를 부른 어른은 대체 누구실까? 바로 그를 따라 나섰다.

청년을 따라 세검정의 어느 주택으로 들어갔다. 텅 빈 거실한가운데에 의자 하나만 덩그러니 놓여 있었다. 광목 커튼이 창문을 다 가리고 있는데도 거실의 밝기가 대낮 같았다. 중앙에놓여 있는 의자를 향해 벽에 기대 앉아 눈을 감고 쉬고 있었다.

얼마나 지났을까? 어디선가 아름다운 음률이 들려온다. 한참을 그대로 듣다가 눈을 뜨니 내 앞 의자에 한 분이 앉아서 첼로를 켜고 있다. 흰 장삼을 걸치고, 상투를 올린 머리에 길고 긴 수염이 반짝거리고 있다. 흰 수염에서 천사들이 쏟아져 나오듯 빛이 뿜어져 나왔다. 그런 모습으로 계속 첼로를 켜고 있었다. 경이로운 마음으로 그분을 바라보았다. 그분이 웃으며 나를 바라본다.

이렇게 '뿐 선생님을' 만났다. 당시 유명한 첼리스트이자 도인이라 불리던 장규상 선생이다. 그분이 들려주시는 첼로의 음률은 천상의 소리와도 같았다. 그날 뿐 선생님과 나는 밤을 새워 이야기를 나누었다. 그분은 나의 인도 생활에 대해 많은 것을 물으셨다. 내가 인도산이라는 것을 어떻게 아셨을까? 여기까지 나를 부르신 이유는 무엇일까?

훗날 뿐 선생님은 자주 연구소를 찾아와 놀다 가셨다. 그분의 놀이는 그대로 '도'이다. 그분의 생활도 그대로 '도'이다.

그분의 삶은 정말 가슴 아픈 것이었다. 자식은 유명한 가수였고, 아내는 화가였다. 그 모든 인연들이 그분을 도의 세계로 이끈 듯했다. 그분의 상처는 그 자체로 영적 수행이 되었고, 그분의 고통은 의식을 고양시키는 힘이 되었다.

어느 날 뿐 선생님이 찾아와 말씀하셨다.

"나를 스승으로 모시고 살아라."

나는 대답을 할 수가 없었다. 우리나라 도인의 색깔과 언어가 전통적인 성인의 그것과 다르다는 것을 나는 알고 있었다. 모든 어른들의 근본적인 성품은 같으나 습관인 삼스카라 혹은 카르마는 각기 다르다. 나는 그분의 제안을 조심스럽게 거절할 수밖에 없었다.

그 후 뿐 선생님은 어디론가 떠나셨다. 한동안 행방을 알지 못하다가, 그분이 돌아가셨다는 소식을 들었다. 도인들의 죽음에 대해서는 한 치의 의심도 없다. 그분도 당신의 '집'으로 돌아가셨을 것이다.

내 삶의 모든 순간에 나를 도와주고 지지해줄 수 있는 사람은 없다. 아무리 나를 사랑하는 가족이나 친구라 해도 나의 무덤까지밖에 같이 가주지 못한다. 우리는 각자 지은 카르마의 결과를 스스로 감당해야만 한다. 우리가 할 수 있는 것이 있다면, 우리가 바꿀 수 있는 것이 있다면, 그것은 어디까지나 카르마의 테두리 안에서이다. 카르마가 낳은 운명 안에 있는 것은 그 누구도 빼앗아 갈 수 없고, 그 안에 없는 것은 아무리 노력해도 이루어지지 않는다.

우리가 삶에서 겪는 어려움들은 우리를 더 성숙하게 만들기 위한 카르마의 작용이다. 많은 사람들이 자신의 미래를 불안해하며 방황한다. 한편 걱정과 스트레스 같은 부정적 에너지를 겪으면서도 끊임없이 더 나은 환경과 상황으로 나아가기 위해 노력하는 이들이 있다. 그럼에도 불구하고 불행하다면, 그것이 우리의 카르마라 여기자. 그리고 더 복을 지으며 정진하자.

10

일어날 일은 일어난다

설
송
큰
스
님

명석한 두뇌와는 거리가 먼 내가 인도 유학 시절 겪은 언어의 고충은 특히 컸다. 영어는 물론이거니와, 영어를 다리 삼아 익혀야 하는 산스크리트어를 접할 때마다 늘 마음속으로 말했다. 한국말로 하는 큰 스승은 어디 안 계신가? 인도의 전통 스승들과 같은 에너지와 힘을 지닌 한국 스승님은 안 계신가…? 그 무렵에 만나게 된 분이 설송 큰스님이다.

　노동청 세미나를 위해 인도에 왔던 한국 국회의원 한 분이 우연히 인도 교민회 회장님 댁에 저녁식사를 하러 대사님과 함께 오셨다. 마침 주말이라 나도 그 댁에 저녁식사 초대를 받았다. 그런데 그 자리에 참석한 한 분의 옷자락에 '관세음보살'이라는 글이 적혀 있었다. 그분께 물었다.

"혹시 스승이 있으신지…?"

그분이 깜짝 놀라며 자신에게 스승이 있는지 어떻게 알았느냐고 되물었다. 나는 그 스승님이 누구신지 알려달라고 했다.

나중에 한국에 나왔을 때 그분이 알려준 대로 찾아간 곳이 경북 봉화에 있는 현불사이다. 불승종 종단에 속한 사찰로, 불승종을 창설하신 종정이 바로 설송 큰스님이었다. 내가 처음 뵈었을 때는 '설송 대법사님'으로 불렸다.

큰스님이 계신 2층 넓은 응접실에 올라가니 여러 제자와 신도들이 먼저 와 앉아 있었다. 스님께 인사를 드렸더니 조용히 웃으시며 옆에 앉으라 하신다. 잠깐 침묵이 흘렀고, 설송 큰스님은 그 자리에서 '묵상'이라는 법명을 주셨다. 의미 있는 이름이라 하신다.

그 후 인도 유학을 마치고 돌아오자마자 다시 현불사를 찾아갔다. 영령탑 옆에 있는 작은 기도방으로 들어간 나는 하라는 기도는 안 하고 잠만 내리 잤다. 고엔카 아쉬람에서 그랬던 것처럼, 나는 긴 잠 끝에 깨어났다.

내가 다 놓고 비구니가 되고 싶다고 말씀드렸을 때, 큰스님은 안 된다고 하시면서 거저 배워 왔으니 거저 나누어주라고 하셨다. 아직 세상에서 할 일이 남았으니 나가서 그 일을 먼저 하라고….

나는 아직도 그 약속을 못 지키고 있다. 현불사를 나와서 조계사 옆에 있는 상운중심 3층에 요가 연구소를 차렸다. 용인대학교 강의도 맡았다. 그 시절 한국에는 전통적인 요가가 아직 뿌리내리지 못하고 일본에서 건너온 수정요가나 단전호흡 정도로 보급되어 있었고, 종교에 귀의하는 것을 수행이라 여기는 관념이 일반적이었다. 이런 상황에서 내가 종교의 이름이나 교리는 다르지만 그 가르침은 근본에서 동일하다고 말하면 다들 놀라면서 나를 이방인으로 취급했다. 수행이라는 단어가 생소한 시절이었다. 그 시절 나는 수행자라는 이름으로 홀로 서 있었다. 구도, 계율, 채식 등이 급속도로 보급되기 시작한 것은 훗날 칭하이 무상사가 한국에 오신 뒤부터였다.

요가 연구소를 오픈하는 날 설송 큰스님과 제자들이 참석했다. 큰스님께서 나에게 소원을 말하라 하셨다. 오만하게도 나는 두 가지 소원을 말씀드렸다. 첫째, 큰스님 돌아가실 때 내가 삼배 받고 법통을 이었으면 좋겠다. 둘째, 3년 후에는 강남 압구정 쪽으로 크게 이전해 나갔으면 좋겠다….

그랬더니 웃으시며 "그리하라" 하셨다.

수행으로 기세가 등등했던 제자들에게는 나의 첫 번째 소원이 매우 가소로웠을 것이다. 하지만 나에게 더 중요했던 것은 큰스님이 이어서 하신 말씀이었다. 라즈니쉬가 내게 말씀하셨던 것처럼, "너는 이 생에서 내 제자가 아니다" 하신 것이다. 그러면서 왜 이 생에서 인연을 가지게 되었는지를 살펴보라고 하셨다.

설송 큰스님은 당신의 법력을 세상에 많이 드러내신 분이다. 나는 아직도 '법'을 제대로 이해하지 못하거니와, 설송 큰스님 곁에서는 보통 사람들의 눈에 신통이나 기적으로 보이는 사건들이 참 많이 일어났다. 내가 만났던 인도의 성인들과는 색깔도, 모습도, 교리도 달랐지만, 어느 미묘한 곳으로 움직일 때나 무언가와 합일될 때마다 신비로운 흐름이 한 곳으로 모이는 것 같은 그것은 과연 무엇이었을까?

설송 큰스님은 분명히 나의 내적 수행을 위로 끌어올려 주셨으나 결국 그분의 법통은 받지 못했다. 내가 배운 것과 다르다는 생각 때문이었는지, 나는 그분의 수행 방법을 따라가지 못했다. 분명히 이루어진 것은 두 번째 소원이었다.

성인들은 우리에게 종교를 포기하라고 강요하지도 않고, 세상이나 가족을 등지라고도 요구하지 않으며, 삶의 방식을 바꾸라고도 하지 않는다. 우리에게 가족들과 함께 살고, 직장에 충실하고, 의무에도 성실하라 하신다. 우리가 세상 안에서 살면서 세상에 물들지 않도록 도와주신다. 물론 큰스님도 결혼하셨고, 아드님들도 있다.

설송 큰스님은 늘 불경과 함께 성경도 풀어주셨다. 불경은 특히 《법화경》을 중심으로 가르치셨다. 불교를 타고 왔든 기독교를 타고 왔든, 그분께는 모두 영적 수행을 위한 도구였을 것이다. 누구든 내면의 세계를 깨달음으로써 어떤 능력이 생겨난다면 그것은 여러 모습으로 드러나고 여러 인연으로 나눠질 것이다. 요가 성인 비베카난다는 '모든 종교의 끝은 신을 깨닫는 것'이라고 했다. 인간이 먼저 나고 종교가 나중에 생겼다. 종교 간에는 차이가 있을 수 있지만 영적 가르침에는 차이점이 없다. 어떤 성인이나 스승도 특정 종교를 반대하거나 사람들을 가르거나 다른 나라를 적대시하신 적이 없다.

큰스님께서 가끔 예수님에 관한 말씀을 하실 때는 꼭 예수님을 뵙는 것 같았다. 부처님에 대해서 말씀하실 때는 꼭 부처님

같았다. 각자의 해석과 이해에 차이는 있을 수 있겠지만, 신께 가는 길은 하나다. 기독교인들의 길이 따로 있고 불자나 무슬림들이 가는 길이 따로 있다고 생각하는 것은 무지의 소산이다.

어느 해인가 초파일 행사가 열렸다. 3천 명 정도 되는 신도들이 모여 있었는데, 큰스님께서 법당으로 들어가시는 것이 아니라 운전기사를 부르시더니 나더러 옆에 타라 하신다. 그렇게 우리는 드라이브를 떠났다.

현불사 입구를 빠져나갔을 무렵 운전기사에게 음악을 틀라 하셨다. 그가 틀어준 음악은 '창부타령'이었다. 노랫가락이 흐르는 가운데 큰스님이 나의 인도 생활에 대해 물으신다. "너는 무엇을 공부하고 왔느냐?" 나는 아무 말도 하지 못했다. 그분 앞에서 무슨 얘기를 할 수 있겠는가?

10분쯤 더 가다가 스님이 차를 돌리라 하신다. 현불사로 들어가 연화당 법당 가까운 곳에 도착하니 사부대중이 큰스님을 기다리고 있었다. 신도들은 법당 안에서 《법화경》을 독송하고 있고 사부대중은 밖에 나와 있고…. 현불사의 시스템은 다른 일반 절과는 다르다.

사부대중은 여성 원로 법사 네 분으로 구성되어 있다. 큰스님이 불승종을 창설하실 때까지 오랜 세월 동안 《법화경》으로 훈련하고 수행하고 헌신한 노보살들이다. 이분들이 나와서 큰스님께 불평을 털어놓는다.

"왜 창부타령으로 독경을 못하게 하세요?"

한두 번 있는 일이 아니었던 듯했다. 큰스님께서 웃으며 말씀하신다.

"그것 하나 못 물리치냐? 그렇게 너희들이 힘이 없냐?"

창부타령? 분명히 절을 빠져나간 뒤 차 안에서 테이프로 들었는데…? 법당에서는 결코 들릴 리가 없었던 그 노래를 이분들이 어떻게 듣고 나왔단 말인가? 그것 때문에 독경이 안 된다니…?

설송 큰스님과 사부대중 원로들 사이의 믿음은 대단한 것이었다. 큰스님과 함께 차에서 내리는 내 모습을 본 이분들의 마음은 어땠을까? 훗날 그분들이 나에게 말했다. 꼴 보기 싫었다고, 인도 갔다 온 유학생이면 다냐고…. 나는 이들의 따가운 시선에도 개의치 않고 늘 큰스님 옆에 앉아 있었다.

어느 날 우연히 이분들과 함께 모인 자리에서 큰스님이 나에게 말씀하셨다.

"저기 있는 사람들이 다 너의 적이야. 저 적들을 물리치면 너

해탈할 거야."

나는 막 웃었다.

"저분들이 왜 나의 적입니까? 어떻게 물리쳐야 할까요?"

"나는 몰라."

이게 무슨 의미일까? 나에게 하고 싶은 말씀이 무엇일까? 속으로 생각했다. 정신 차리자, 정신 차리자. 이것은 영적 수행이 아니라 기적이고 기복이야….

비밀의 소리

하루는 큰스님과 사부대중을 따라 법당으로 들어가 입구 맨 뒤쪽에 앉았다. 큰스님의 독경이 시작되었다. 그리고 쥐 죽은 듯한 분위기의 법당 안에서 나는 무언가를 보았다. 저게 뭘까? 이름을 몰라 그냥 말한다. 관세음보살들이 움직이셨다고…. 관세음보살들이 몇몇 신도들의 어깨를 타고 깃털처럼 움직이더니 갑자기 그들이 소리 내어 울기 시작한다. 이곳에서, 저곳에서…. 뭐지? 이게 뭐지? 큰스님께서 뭘 하시는 거야?

인도에서, 한국에서, 큰 어른들을 뵐 때마다 그분들은 뭔가를 들려주시고, 보여주시고, 쥐여주셨다. 눈에 보이지 않는 것들도 보여주신다. 이토록 신비로운 존재들에 대해 우리는 얼마나 알고 있을까? 그분들을 성인이라 하든, 도인이라 하든, 가짜라 하든, 사기꾼이라 하든 상관없다. 누구라서 진짜와 가짜를 알겠는가?

독경을 마치고 내려오시는 큰스님을 따라 내려왔다. 졸졸 따라 2층으로 올라가서 큰스님께 여쭸다.

"내가 본 것이 옳은가요?"

웃으시며 말씀하신다.

"누구나 다 보고 듣는 건 아니야. 진심을 다해 독경을 하면 보살님들이 오시지. 그중에서 진심으로 부처님께 귀의한 이들에게 가서 만져주시는 거야."

내가 보기에 법당에서 관세음보살님이 만져주신 신도는 세 분이었다. 셋 다 너무 울어 눈이 퉁퉁 부어 있었다. 그 다음 행사에서 그중 한 분을 만났는데, 그날 이후로 어깨 통증이 싹 가셨다고 한다. 이분들이 경험했던 에너지에 구구절절이 토를 달고 싶지 않다. 이런 것을 기복신앙이라 해도 상관없다. 분명한 것은, 현불사를 다니신 많은 신도들과 그곳에 살고 있는 많은 분들에게 이와 같은 사건은 특별히 놀랄 만한 일이 아니라는 것이다.

현불사에서는 3월 삼짇날 행사를 대단히 크게 치른다. 처음이 행사에 참석했을 때, 국악인 김영임 씨가 팀을 이루어 모든 절차를 제대로 진행했다. 행사 도중에 큰스님이 영가를 부르시니 영가들이 왔다. 큰스님의 말씀에 따라 영가들이 움직였다. 나는 처음 보는 그 어마어마한 제사 상황을 넋을 놓고 지켜보았다. 그때는 내가 보고 있는 것을 모든 신도들도 다 보고 있는 줄 알았다.

행사가 끝난 뒤에 큰스님이 물으셨다.

"보았느냐?"

그리고 말을 이으신다.

"그곳에 있던 몇천 명 중에 몇 사람이나 그 세계를 보았을까?"

정말 신기했다. 제수가 너무 빨리 움직이면 영가가 밥숟가락을 뜨다가도 놓는다. 그들에게도 음식 먹을 시간을 줘야 한다. 살아 있는 어른한테 하듯 그대로 해야 한다. 의식 순서대로 쭉 읽어나가기만 한다면 영가들은 배고프다. 첫 상부터 마지막으로 하인들이 먹을 수 있을 때까지 상물림을 해줘야 한다.

이런 것을 '환상'이라 했을 때, '이 세상은 환상이다' 했을 때의 그것과 혼동하지 말기 바란다. 물론 이 세상도 환상, 마야의 세계이긴 하다. 그러나 이 세상은 그 나름대로 움직이고 있다. 준비가 된 사람은 볼 수 있다. 물론 나같이 준비되지 않은 사람도 우연히 볼 수 있다. 왜냐하면 스승이 계시기 때문이다. 이런 것이 스승들의 권능이다. 물론 그분들도 이런 상태를 해탈이라거나 구원이라 하시지는 않는다. 그냥 어느 정거장일 것이다. 그곳이 종점이 아닌 줄 안다. 그래서 일어나 다시 걸어야 한다. 수행이란 감히 이렇다 해도 거짓 같고, 저렇다 해도 믿을 수가 없다. 그냥 중간중간 있는 휴게소 같은 것이다. 그곳에서 잠시 쉬었다 갈 뿐, 머물지는 않는다.

그 다음 해에도 현불사 영령탑에서 열린 삼짇날 행사에 참석했다. 그러나 영가들은 하나도 보이지 않았다. 영가들을 제도하는 큰스님의 목소리가 마이크를 통해 허공에 울려 퍼질 뿐이었다.

행사가 끝난 뒤 큰스님께 여쭤보았다.

"왜 다른가요?"

"돈이 많이 든다고 절에서 국악 음성공양을 취소하고 테이프로 대체하기로 결정한 탓이다."

녹음으로 진행하다 보니 말 그대로 겉치레가 되었던 것이다. 제수가 불러도 영가들이 오지 않는데 행사가 무슨 소용이 있단 말인가? 그 음성공양이 그토록 영험했었다는 말인가?

티베트 스승 독첸은 말씀하셨다.

왜 소리가 중요한가? 우리가 우리의 본성을 말할 때, 모든 것의 근원이 공으로부터 소리로 나타나기 때문이다. 처음 우리가 알게 되는 것은 소리이고, 소리가 빛과 광선을 만들어낸다. 이 세 가지를 첫 잠재력이라고 부른다.

이 소리는 보통 우리가 귀로 듣는 소리가 아니다. 그것은 외적 소리이다. 또 다른 내면의 소리가 있는데, 그것은 진동으로만 느낄 수 있다. 이 진동의 소리를 듣거나 내면의 소리를 듣는 데에는 귀가 필요치 않다.

더욱 중요한 것은 비밀의 소리이다. 이 비밀의 소리는 우리의 본성을 발견했을 때 발견된다. 본성을 발견했을 때, 이것이 에너지와 어떻게 연관되어 있는지, 어떻게 나타나는지를 알게 되었을 때 비로소 비밀의 소리를 발견하게 된다.

이미 기록되어 있다

어느 날 큰스님이 물었다.

"너는 소원이 무엇이냐?"

나는 겁도 없이 엉뚱한 대답을 했다.

"원효 같은 아들을 낳고 싶습니다."

그러자 《법화경》을 꺼내주시며 매일 새벽에 한 시간씩 읽으라 하신다. 책을 받아 집으로 돌아와서 새벽에 읽기를 이틀째 하던 날, 나는 큰스님께 속았다는 것을 알아챘다. 바로 현불사를 찾아갔다. 밤늦게 도착했는데, 그 깜깜한 밤중에 큰스님께서 내려오신다.

"교량 교주가 손님 온다고 나가보라 해서 잠결에 나왔는데 그게 너냐?"

스님은 특유의 웃음을 지어주신다. 곁에 있던 시봉자들은 내가 못마땅했을 것이다. 큰스님 곁에는 시봉자들이 많다. 저마다 하는 일도 많고 독경도 정말 열심히 하고 시봉도 빈틈없이 한다. 큰스님과 이들 사이에는 내가 한 발도 들이밀 틈이 없었다. 그래도 현불사를 갈 때면 늘 큰스님 오른쪽에 앉아 있었다. 중생보다는 부처를 사모했기 때문이다.

어린 나이에 깨달음에 목말라 하던 건강하고 잘생긴 젊은이가 나를 찾아왔을 때, 그를 설송 큰스님께 안내한 적이 있다. 본성부터 수승했던 이분이 바로 혜민 스님이다. 설송 큰스님은 어린 동자였던 혜민 스님을 많이도 사랑하고 보살피셨다. 훗날 부처님처럼 되어가실 혜민 스님의 바탕에도 설송 큰스님의 《법화경》 독경이 자리 잡고 있을 것이다.

운명이 나를 위해 계획한 것들은 반드시 나를 찾아온다. 내 운명은 그 계획에 따라 나를 행동하고 노력하게 할 것이다. 그래서 나는 삶에 대해 너무 걱정할 필요가 없다. 내가 좋아하든 좋아하지 않든 어느 날 끝날 것이기 때문이다.

일어난 일, 일어나고 있는 일, 일어날 일들은 이미 기록되어 있다. 내가 바라든 바라지 않든 나의 기록은 드러나고 말 것이다. 그러니 모든 것을 받아들이고 웃어넘겨야 한다. 그 안에 절망과 고통이 있다 해도 받아들여야 한다. 기쁨과 행복도 그대로 받아들여야 한다. 세상에는 우연이 없기 때문이다. 고통이든 기쁨이든, 모든 것은 내 행위의 결과들이다. 그 행위 중에는 내가 기억하지 못하는 것들도 있다. 그렇다 해도 그것을 부정할 수는 없다. 마음으로 훈련하고 어른들의 말씀을 귀담아 새기고 정직한 사람이 된다면 무엇을 두려워하겠는가?

'추운 겨울이 오지 않았으면' 하고 아무리 바란다 해도 겨울은 반드시 오게 되어 있다. 겨울을 맞이할 준비를 하는 것이 현명하다. 겨울에 적응해 잘 지낼 수 있도록 준비하지 않으면 우리 삶은 불행해질 것이다. 상황에 순응하고 미리 준비하면 행복해진다. 수행은 곧 순응하고 준비하는 노력이다.

책의 말미에서 다시 얘기하겠지만, 1996년 6월 나는 긴 세월 동안 공부해온 것들과 여러 스승님들의 가르침을 하나로 묶을 수 있는 천금 같은 기회를 얻게 되었다. 라다소아미에 첫 한국인 제자로 입문하여 명상 구도자가 된 것이다.

지금까지 하늘의 소리를 들은 적이 두 번 있다. 그중 한 번은 앞에서 얘기한 링 린포체의 한국 파티 때 일어났다. 달라이 라마께서 링 린포체를 한국으로 모시고 가서 파티를 하라 하셔서 일정을 잡았는데 느닷없이 방해꾼이 생겨서 방문을 취소해야 한다는 전갈을 받았을 때. 현불사로 달려가 설송 큰스님께 상황을 말씀드렸더니 스님이 간단한 대답을 주셨다.

"직접 가서 모시고 오너라."

이틀 뒤 인도 다람살라로 날아가 링 린포체가 계신 사원으로 달려갔다. 다음 날 달라이 라마를 뵌 자리에서, 꼭 모시고 가야 한다고 떼를 쓰다시피 했다. 못 가시는 이유를 자세히 알려달라고 했더니 기다리라 하셨다. 다음 날 니충 사원에서 링 린포체를 모시는 꿍우와 시봉자들, 니충 스님과 그 사원에 계신 비구스님 넷, 그리고 달라이 라마 사원에서 내려오신 린포체 두 분과 함께 밀교 전통에 따라 의식을 치렀고, 결국 얼마 후 링 린포체와 꿍우, 그리고 시봉자 두 분을 한국으로 모시고 올 수 있었다. 지금 생각하면 어림도 없는 일을 큰스님의 조언에 따라 해냈던 것이다.

"네가 여자냐?"

워싱턴에 있는 라디오 방송에서 〈명상의 시간〉이라는 프로그램을 진행하고 있던 무렵, 현불사가 워싱턴에 포교당을 만들었다는 소식이 들렸다. 그리고 설송 큰스님이 워싱턴에 오셨다. 그냥 지나가는 운명이 어디 있으랴. 나는 사흘만이라도 스님을 시봉하고 싶다고 말씀드려 허락을 받았다.

큰스님과 함께 3일을 보내는 동안 나는 법문을 가까이서 들을 수 있게 되었다는 생각에 많이 들떠 있었다. 큰스님은 밤이 늦도록 주무시지 않고 선에 들어 계셨다. 나도 그렇게 앉아 있었더니 큰스님께서 말씀하신다.

"힘들게 명상하는 척하지 말고 그냥 누워 자거라."

그래도 가부좌를 하고 꼿꼿이 앉아서 스님이 침대에 누우실 때까지 기다리다 보면 어느새 새벽이 밝아왔다. 스님은 그렇게 두어 시간만 주무시고 거의 선에 들어 계셨다.

낮 시간도 법회나 신도들과의 만남으로 무척 바쁘셨다. 포교당은 늦은 시간까지 신도들로 붐볐다. 나에게는 아침공양 시간만이 기회였다. 공양 시간에 시봉하는 비구니 두 분과 함께 큰스님의 법문을 듣는 것은 큰 축복이었다.

첫째 날, 큰스님은 긴 시간 동안 젊은 시절 이야기만 하셨다. 나는 계속 불편함을 느꼈고, 그렇게 시간이 지나가 버렸다. 시간이 너무나 아까웠다.

둘째 날, 술집 다니셨던 이야기와 여자들 이야기가 이어졌다. 나에겐 음담패설로 들렸다. 짜증나고, 실망스럽고, 말도 안 된다고 생각했다. 왜 이 귀한 시간에, 그것도 아침공양 시간에 이런 이야기를 하시는 걸까?

두 비구니에게 물었다. "스님들은 괜찮으세요?" 그분들은 괜찮단다. 큰스님이 하시는 이야기는 모두 법문이기 때문이란다. 이분들과 나는 무엇이 다르기에 누구는 법문으로 듣고 누구는 음담패설로 듣는 것인가? 하루 종일 고민했다.

셋째 날, 불편함과 설레는 마음이 뒤섞여 맞는 마지막 날 아침공양 시간이었다. 또 비슷한 이야기를 시작하시려고 했다. 나는 일어나 방문 앞으로 가서 문을 열려고 했다. 그 순간 벼락같은 소리가 들렸다.

"묵상!"

왜 하필 그제야 깨달은 것일까? 이틀씩이나 기회를 주셨음에도 불구하고 왜 그 순간이 되어서야 알아들은 것일까?

큰스님 앞에 무릎을 꿇고 진심으로 참회했다.

"죄송합니다."

그리고 많이도 울었다. 큰스님이 말씀하신다.

"네 마음 안에 네가 아직 여자라는 생각이 있다면 너는 이 생 안에 해탈하지 못한다. 네가 여자냐?"

그날 나는 내 안에 들어 있던 커다란 돌덩이 하나를 들어냈다.

그날 밤 큰스님이 말씀하셨다.

"이 생에서 너의 스승은 내가 아니라 인도 분이다. 이 생에서 스승과 제자의 인연이 아닌데 내가 너를 왜 지키고 있느냐 하면, 미래생 때문이다. 혹시 네가 다음 생에 다시 오게 되면 누군가 끝까지 너를 받쳐줄 사람이 필요하다. 어떤 이름으로 너를 찾아가든, 그것은 내가 될 것이다. 네가 왕비라는 이름으로 온다면 나는 왕일 거야."

그리고 웃으시면서 담배 한 개비를 꺼내 피우셨다. 그 연기 속에서 '나'는 사라졌다.

우리 육체를 위해 의식주가 필요하듯, 우리 내면에는 평화와 행복이 필요하다. 우리 삶에서 어떤 비극이 닥쳐오더라도 거기에는 반드시 숨은 교훈이 있다. 일어날 일은 반드시 일어날 것이고, 일어나지 않을 일은 결코 일어나지 않을 것이다.

삶의 위기는 자아에 대한 각성이라는 선물을 가져다준다. 삶의 위기가 닥쳐왔을 때 우리에게 필요한 것은 수행으로 익힌 안정감이다. 이런 안정감 속에서 수행을 이어간다면 마침내 우리는 거대한 운명 너머에서 자유를 얻게 될 것이다.

큰스님이 열반하실 때 나는 유발 상좌로서 입적 모습을 뵈었다. 큰스님께서 숨을 거두시기 직전에 말씀하셨다.

"3년 동안 내가 살아 있는 것처럼 그대로 하라. 여태껏 해오던 그대로 하라."

일어날 수 있는 모든 불협화음을 이렇게 막아주셨다.

열반하신 뒤 시신을 열흘 이상 법당에 안치했다. 한 치의 흐트러짐 없이 고고히 누워 계시는 그 모습은 살아생전 그대로였다. 그분을 친견하고 나오던 순간만큼은 나도 부처였다. 중생심은 없었다. 수많은 격식과 번다한 의례가 이어졌지만 그런 것들이 다 무슨 소용이랴.

큰스님은 어디로 가셨을까? 당신의 스승이셨던 무영 스님과 함께 계실까? 지금도 "큰스님" 하고 부르면 웃으면서 대답하실 것 같다. "나 여기 있다" 하고….

수피 성자인 셰이크 파리드에게 특별히 헌신적인 제자가 있었다. 이 제자가 도시에 나갈 때마다 한 창녀가 그를 유혹하려고 했다. 제자는 그녀를 외면했지만, 그럴수록 그를 유혹하려는 창녀의 노력은 커졌다.

어느 날 셰이크 파리드가 제자에게 뜨거운 석탄을 가져오라고 했다. 당시 사람들은 절대로 불을 꺼뜨리지 않았다. 필요하면 언제든 다시 불을 피울 수 있도록 타다 남은 불씨를 재로 덮어둔 채 불씨를 살려놓았기 때문이다. 그래서 근처 이웃에서 나눠줄 만한 뜨거운 석탄을 가지고 있을 법도 했다.

제자는 근처에서 석탄을 나눠줄 사람을 찾지 못했고, 결국 시장으로 향하는 길을 걸어 내려갔다. 그리고 그 창녀가 후카(물담배)를 피우고 있는 것을 보았다. 그녀를 피하고 싶었지만, 석탄을 가져오라는 스승님의 말씀을 생각했다.

"원하는 것이 무엇인가요?"

그녀가 웃으며 물었다.

"여인이여, 뜨거운 석탄이 조금 필요합니다."

제자의 말에 여인이 조롱하듯 말했다.

"뜨거운 석탄에 대한 대가는 당신의 눈입니다."

제자는 즉시 손가락으로 한쪽 눈을 꺼내 그녀에게 내밀었다. 깜짝 놀란 여인은 자신이 내뱉었던 말이 후회스러워 숨이 막힐 지경이었다.

제자가 한쪽 눈에 붕대를 감은 채 석탄을 가지고 스승에게 돌아갔다.

"석탄은 가지고 왔느냐?"

제자가 석탄을 보여드렸다.

"잘했다. 그런데 왜 눈에 붕대를 하고 있느냐?"

"눈병이 나서 그렇습니다."

"눈이 아파서 그런 것이라면, 붕대를 벗어보아라."

제자가 붕대를 풀었다. 그의 눈은 원상태로 돌아가 있었다.

신은 당신을 사랑하는 이를 돌보신다.

설송 큰스님도 이와 같은 스승이시다. 기적이라 해도 좋다. 기적이 필요한 것이다. 신통력이라 해도 좋다. 신통력이 필요한 것이다. 설송 큰스님의 늙음과 세속적임과 도인의 섞인 모습이 보고 싶다.

11

그 마음을 바쳐라

———

김
재
웅
법
사
님

김재웅 법사님. 이분이야말로 한국의 다시없이 귀한 구도자라
나는 믿는다. 겁내지도, 겁주지도 않는 분. 그냥 항상 기뻐하시
는 분. 더없이 온유하여 오히려 엄격해 보이시는 분. 모든 말씀
에서 방편도 사용하지 않으시며 그대로 진실을 설하시는 분. 우
리나라에 어찌 이리 귀한 어른이 계신지 감사할 뿐이다.

어느 해인가 법사님을 모시고 달라이 라마를 친견했을 때 두
분이 보여주신 환희심은 글로 표현하기가 어렵다. 기도가 몸에
익은 두 분의 만남은 함께 갔던 《금강경》 독송회 식구들과 주변

에 있던 티베트인들까지 기쁘게 했다.

명상이 마지막에 에고를 버리는 것이라고 한다면, 기도는 시작부터 에고를 버리고 하는 것이다. 법사님이 그러했다. 기도가 몸에 배어 있는 법사님을 모시고 독송회 식구들과 함께 인도의 성지를 순례했을 때, 한국에 이렇게 큰 구도심을 가지고 한 치의 영적 오만함 없이 스승의 자리에 있음에도 당신의 스승을 극진히 사모하는 모습을 뵐 때마다 눈물겹도록 귀하고 아름답게 느껴졌다. 부처님께서 《금강경》을 설하신 그곳에서, 부처님께서 《법화경》을 설하신 그곳에서 오역 없는 경전 해설로 우리의 배고픔을 채워주시던 모습은 더없이 경이로웠다. 밤이 새도록 독경을 하셨고, 따라갔던 모든 이들도 함께 부처가 되었다. 일찍이 깨달음에 대해 들은 사람은 그 밖의 어떤 것에도 만족하지 않는다는 부처님의 말씀 그대로 김재웅 법사님은 구도인들에게 다시없는 본보기였다.

하즈라트 니자무딘 아울리아는 위대한 성인이었다. 그를 만난 사람 중에 빈손으로 돌아간 이는 없었다고 전해진다.

어느 날 딸을 결혼시켜야 하는 가난한 사내가 성인을 찾아와 도움을 청했다.

성인이 말했다.

"앞으로 사흘간 내게 들어오는 것은 무엇이든 자네에게 주겠네."

가난한 남자는 희망을 품고 성인 곁에 머물렀다. 그러나 3일 동안 어느 누구도 성인께 무언가를 가져오지 않았다.

사흘째 밤, 높은 기대가 무너진 사내가 비참하게 울고 있었다.

니자무딘 아울리아가 사내에게 자신의 신발을 주면서 말했다.

"이것을 가져가게. 나의 유일한 소유물일세. 이것을 팔면 하루치 양식을 사는 데는 충분할 걸세."

매우 실망하기는 했지만 가난한 사내는 성인께 감사를 드리고 마을로 돌아가기 위해 길을 떠났다. 먼지 나는 길을 따라 힘없이 걸어가고 있을 때, 많은 짐이 실린 마차와 낙타 여러 마리가 다가오는 것이 보였다. 왕의 신하였던 아미르 쿠스로가 은퇴한 뒤 모든 재산을 싣고 돌아오는 중이었다.

마차가 가난한 사내를 향해 다가갔을 때 아미르 쿠스로는 사랑하는 스승님의 향기를 느꼈다. 그는 사내를 지나치고 나서야 그 향기가 사내에게서 나는 것임을 알아차렸다. 아미르 쿠스로는 즉시 마차에서 내려 사내에게 달려갔다.

"그대는 누구시며, 어디서 오시는 길입니까?"

여전히 비참한 심정에 빠져 있던 사내는 사흘 동안 성인 곁에 머물렀던 이야기를 했다. 그리고 '이렇게 낡은 것이 얼마나 가치가 있겠느냐'며 신발을 들어 보였다.

아미르 쿠스로가 눈을 크게 뜨고 물었다.

"그 신발을 제게 팔지 않으시겠습니까?"

"안 그래도 이걸 팔아서 먹을 걸 사려고 했었습니다."

"제게 그 신발을 주시고, 저 마차와 거기 실린 모든 짐과 낙타들을 가져가십시오. 저와 제 아내와 아이들이 타고 갈 두 마리만 빼구요."

사내는 매우 기뻐하면서 쿠스로에게 고마움을 표한 뒤 마차와 낙타들을 끌고 떠났다.

성인의 거처에 도착한 아미르 쿠스로가 스승의 발 아래 신발을 놓았다.

니자무딘이 미소를 지으며 물었다.

"내 아들아, 이 낡은 신발 값을 얼마나 치렀느냐?"

"저 낙타 두 마리를 제외하고 제가 가진 모든 것을 주었습니다."

아미르 쿠스로가 겸손하게 대답했다.

"아주 싸게 사 왔구나."

스승을 향한 사랑의 깊이를 확인한 성인이 옆에 있던 시봉자에게 말했다.

"쿠스로가 죽으면 내 곁에 묻어야 한다. 만일 다른 곳에 묻는다면 이놈은 나와 함께 있기 위해 무덤을 뚫고 나올 게야."

내가 본 김재웅 법사님은 스승을 모시는 옛 예화들 속 헌신자들의 모습과 똑같았다.

구루 고빈드 싱이 펀자브 지방의 말바를 처음 방문했을 때, 오랜 가뭄으로 농토가 황무지로 변해 있었다. 말바의 주민들은 구루 고빈드 싱을 큰 사랑과 헌신으로 모셨다. 어느 날 구루 고빈드 싱이 주민들의 지도자인 달라 브라와 함께 길을 걷고 있었다.

구루 고빈드 싱이 황무지에 돋아난 잡초를 가리키며 말했다.

"달라야, 저 탐스러운 망고들을 보아라."

"스승님, 저것은 그저 흔한 잡초입니다."

"망고라고 해보아라."

"어떻게 저것을 망고라고 할 수 있습니까? 저것은 잡초입니다."

또 다른 곳에 갔을 때 그곳에는 풀들이 자라고 있었다.

"참으로 잘 수확된 밀이로구나."

"스승님, 저것은 그저 풀입니다."

"밀이라고 해보아라."

"스승님. 왜 그렇게 말해야 합니까? 저것들은 모두 풀입니다."

"아, 어리석은 자여, 내 말에 동의했더라면 이곳에 밀과 망고가 자라났을 것이다. 그러나 지금은 아니다. 네가 죽은 뒤에는 이 땅에 운하가 흐를 것이고, 밀과 망고와 여러 곡식과 과일이 넘쳐날 것이다."

나처럼 덜 익은 구도자에게 들려주는 이야기가 아닐 수 없다. 지금도 법사님은 이 나라를 위해, 모든 중생을 위해 기도 중이시다. 당신의 스승이신 백성욱 박사님을 향한 애끓는 사모함이 지금도 그분의 가슴에 새겨져 있으리라.

12

마음의 눈을 뜬 자가 보리라

————

한울 김준원

인도 유학에서 돌아왔을 때 한 지인에게서 한울슬기라는 큰 스승이 계시다는 이야기를 듣고 대구로 갔다.

처음 뵌 자리에서 선생님이 활짝 웃으시며 무엇을 원하느냐고 물으신다. 우리는 스승으로부터 원하는 것이 아니라 필요한 것을 얻게 된다. 그 시절 나는 어떤 능력이 필요하다고 느끼고 있었다. 나는 필요한 것이 있다고 말했다. 내가 성공하지 못한 타심통과 축지법을 완성하고 싶고, 뭔가 눈에 보이는 것에 대한 도전이 필요하다고…. 물론 많은 스승들이 경계하는 유혹과 함정이 있는 곳이다. 그분에게는 허무맹랑하게 들렸을지도 모른다.

"그것도 필요하지요."

선생님이 말씀하셨다. 한울슬기 선생님은 세상 기氣 조절 운영을 하셨고, 그 기 운행을 그려내기도 하셨다. 그분의 제자들은 스승의 말씀에 따라 많은 세상 것들을 만들어내기도 하고 삭제하기도 했다. 그분과 함께 하는 동안 여러 차례 기적 같은 현상도 보았다.

영혼의 할머니

문화공보부에서 연락이 왔다. 러시아 옴스크에서 열리는 국제 명상 페스티벌에 한국도 초청을 받았는데, 홍신자 선생님이 외유 중이라 나를 찾은 것이란다. 가겠느냐고 묻길래 이틀 후에 결정하겠다고 말하고 즉시 대구로 내려갔다.

한울슬기 선생님이 교육하고 계시던 장소에 여러 제자들이 둘러앉아 있었다. 선생님이 활짝 웃으며 반겨주신다. 상황을 말씀드리니 다녀오라고 하신다. 어떤 명상법을 보여줄지 정돈된 것이 없다고 말씀드렸더니, 몸을 일으키며 말씀하셨다.

"지금부터 나를 잘 따라해보세요. 내가 하는 그대로 따라오기만 하면 됩니다."

음악이 흐르기 시작했다. 흐르는 음률에 따라 선생님이 앞에서 움직였다. 그냥 그분을 따라 움직였다. 그분이 손을 쓰면 나도 손을 쓰고, 그분이 발을 쓰면 나도 발을 썼다. 그렇게 시간이 흘렀고, 음악이 꺼지고 선생님이 자리에 앉았다. 나도 그분 앞에 앉았다. 그 순간 우주의식 같은 것이 느껴지며 이유 없이 눈물이 흘렀다. 선생님이 내 손을 잡으며 말씀하신다.

"지금같이만 하세요. 그렇게 기를 따라 움직이면 됩니다. 내일 한 번 더 해보시죠."

다음 날 다시 뵈었을 때 선생님이 말씀하셨다.

"이젠 이 공간을 알았으니, 내가 움직이는 것을 따라오되 눈을 감고 해보세요."

눈을 감았다. 그리고 음악에 따라 움직였다. 모든 것을 잊고 음률만 따라다녔다. 얼마나 지났을까? 불이 켜지면서 방 안의 분위기가 현실로 느껴졌다. 선생님이 저편에 앉아 웃고 계셨다. 나는 이쪽에 앉아 그분을 바라보았다. 좌중에서 조용한 박수 소리가 들려왔다.

선생님이 다가와 손을 꼭 잡으며 말씀하신다.

"용기를 가지세요."

그리고 당신의 제자 보리와 함께 가라고 하셨다.

러시아로 떠나는 날 공항까지 배웅을 나온 선생님은 나에게 선물을 하나 주셨다.

"영혼의 할머니를 심어줄 터이니, 그분을 따라 춤을 추면 됩니다. 명상 이름을 '코스믹 댄스'라고 하십시오."

분명히 나의 두 귀를 통해 들어온 말씀이었지만, 그때는 의미를 전혀 몰랐다. 아무튼 이렇게 해서 우리는 단 두 번의 연습만으로 겁도 없이 행사가 열리는 옴스크로 향했다.

모스크바 도착 직후부터 우리는 귀빈 대접을 받았다. 옴스크로 가는 기차 안에서도 그랬고, 옴스크에서 머물렀던 숙소도 국가가 제공하는 최고의 대접을 받았다. 하지만 음식은 늘 목침처럼 딱딱한 빵에 닭다리와 감자가 전부였다. 채식주의자인 내가 먹을 수 있는 것은 감자밖에 없고, 닭다리는 늘 보리 선생 몫이었다.

행사장에는 20여 개국에서 온 100명 넘는 사람들이 모여 있었다. 그들이 갖고 온 도구와 음향기기들이 어마어마했다. 우리는 연습이랄 것도 없었고, 보리 선생님이 틈만 나면《반야심경》을 독경해주셨다. 내가 들고 간 것은 김월하 선생님의 '춘명곡'이 담긴 녹음테이프 하나뿐이었다. 이 시조가 내 영혼과 몸짓을 대변할 것이었다. 그것을 얼마나 들었던지, 선율 하나하나가 내 머릿속에 완벽하게 입력되어 있었다.

리허설을 할 때 우리의 순서는 열입곱 번째쯤이었고, 뒤에는 한 나라만 남아 있었다. 어떻게 준비해줘야 할지 묻는 담당자에게 테이프를 건네면서 '내가 신호를 보내면 이것을 틀어주기만 하면 된다'고 했더니 놀란 표정으로 나를 쳐다본다. 그리고 혹시 가능하면 의자 하나를 홀 중앙 뒤쪽에 놓아 달라고 했다. 보리 선생님이 그 의자에 가부좌를 틀고 앉아 명상을 하실 것이다. 다른 나라 참가자들은 엄청난 음향과 함께 소리를 지르기도 하고 크게 박수를 치기도 하는 등 매우 시끌벅적했다.

마침내 내 차례가 되었다. 갑자기 적막해진 분위기. 숨 막히는 침묵이 흐른다. 나는 이런 에너지, 이런 분위기를 좋아한다. 명상에 고도로 집중한 채 에너지 안에서 음률을 들을 수 있기 때문이다. 보리 선생님이 먼저 나가서 의자에 앉아 부처님처럼 무드라를 하고 있다. 텅 빈 공간에서 '춘명곡'이 흐른다. 흰 옷을 입은 내가 나가야 하는 순간이다. 갑자기 두려움이 엄습해 온다. 집중하자…. 그 순간, 미간에서 지팡이를 짚은 꼬부랑 할머니를 보았다. 나는 할머니와 하나가 되었다. 다른 것은 아무것도 없었다. 가슴 저리도록 사무치는 김월하 선생님의 시조와 꼬부랑 할머니…. 나는 할머니를 따라 움직였다. 그분이 움직이면 나도 움직이고, 멈추면 나도 멈추고, 앉으면 나도 앉고, 손짓을 하면 나도 손짓을 했다.

그렇게 무대는 끝났다. 시작할 때보다 더 적막했다. 모든 이들이 숨죽이고 있다. 너무나 고요해서 그 누구도 무언가를 할 수 없을 것만 같은 상황에서, 보리 선생님이 의자에서 천천히 내려와 관중을 향해 인사했다. 그들은 무엇을 느꼈을까? 내가 느낀 것은 고마움이었다.

행사가 끝난 뒤에 여러 곳에서 초청을 받았다. 옴스크 의대, 미대, 병원 등 생각지도 못했던 곳에서 우리는 준비도 없이 집시 같은 시간을 보냈다. 기적 같은 시간들이었다. 레파토리라고는 시조 한 곡뿐이었는데도 사람들이 소문을 듣고 점점 더 많이 몰려들었다. 관중들은 환호하고 기뻐했다.

의대에서 공연했을 때의 일이다. 공연 도중 팔에 깁스를 한 환자가 그 깁스를 풀어달라고 했다. 옆에 있던 간호사가 석고를 갈라내어 주니 팔을 정상인처럼 움직이면서 '다 나았다'고 소리친다. 그 자리에서 지켜보고 있던 내가 생각해도 꿈만 같다.

미대에서 공연했을 때에는 미술학도들이 캔버스를 들고 와 그 자리에서 느껴지는 대로 그림을 그렸다. 병원에서 공연했을 때에는 관중이 거의 다 환자들이었는데, 서로 부둥켜안고 울다가 웃다가 했다. 개중에는 전생을 보았다는 이들도 있었다. 이 모든 내용은 정신세계사에서 출간한 《해인의 비밀(전3권, 최현규 지음)》에 자세히 기록되어 있다.

그때의 경험을 일일이 글로 옮긴다는 것은 정말로 어려운 일이다. 예수님이 기적을 행하시던 때와 비교한다면 기독교인들이 불쾌해할까? 불자들이라면 기복이라고 힐난할까? 무신론자들은 나를 거짓말쟁이라고 할까?

"이제는 끝났으니 제가 모시고 가겠습니다."

제자들과 함께 공항으로 마중 나오신 한울슬기 선생님이 활짝 웃으시며 이렇게 말씀하실 때까지도 내 영혼은 할머니와 함께 있었다. 눈에 넣어도 아프지 않을 것 같은, 먼지보다도 더 작은 꼬부랑 할머니가 지팡이를 짚고 내 미간에서, 내 영혼의 자리에서 정확히 21일간을 거주했다.

그 뒤로 나는 두 번 '코스믹 댄스'를 춘 적이 있다. 달라이 라마가 인도에서 개최하신 간디 추모식에서, 그리고 설송 큰스님 생신축하연에서 같은 옷을 입고 같은 음률에 맞추어 춤을 추었다. 물론 그때는 할머니는 없었다. 이미 한울슬기 선생님이 할머니를 모시고 간 뒤였다. 지팡이 짚은 꼬부랑 할머니가 안 계셔도 나는 춤을 추었다. 할머니는 내 영혼의 자리에서는 사라졌지만 지금도 내 안에서 늘 천상의 소리로 울려 퍼지고 있다.

훗날 워싱턴에서 〈명상의 시간〉으로 라디오 방송 생활을 하고 있을 때, 어느 날 갑자기 한울슬기 선생님 생각이 나서 바로 미국으로 초청을 했다. 그분이 베푼 강의와 치유는 교민들에게 큰 도움이 되었다. 정말이지 세상에는 사연도 많고 고통도 많고 이유도 많았다. 그 많은 아픔과 사연들을 일일이 들어주시고, 위로해주시고, 치유해주시고, 선생님은 한국으로 돌아가셨다.

그로부터 반년쯤 지났을 때, 선생님이 하늘나라로 가셨다는 소식을 들었다. 오래전에 당신 입으로 돌아가신다고 했던 그해, 그달, 그날이었다. 자신이 돌아가실 날이 언제라는 말씀을 하셨을 때 나는 귓가로 들었었다. 그 후 10여 년이 흘렀고 몇몇 제자들도 기억하고는 있었지만, 그래도 설마 했었다.

한울슬기 선생님에게서는 아무런 색깔이 느껴지지 않았다. 어떤 무게도 느껴지지 않았다. 어떤 것을 걸치고 계시든 항상 그분다웠다. 인도에 가서 기 운영을 하셨을 때에도, 제자들을 독일로 보내 기 운영을 시키셨을 때에도, 미국에서 옷핀 하나로 기 운영을 하셨을 때에도 늘 마찬가지였다.

이 세상에는 우리가 모르는 것들이 너무나 많다. 그것이 이해되고 경험되기까지 우리는 침묵할 수밖에 없다. 그분은 침묵을 가르치시고 우리 곁을 떠나셨다.

아름다운 피아노 연주를 들을 때 우리의 가슴은 감동으로 벅차오른다. 그 감동을 만드는 것은 피아노가 아니라 연주자이다. 피아노는 도구에 불과하다. 우리는 도구일 뿐이다. 연주자는 우리의 스승이다. 훌륭한 연주자를 만나지 못하면 우리의 가치를 발휘할 수 없다. 모든 인간은 잠재적으로는 신이지만, 스승을 만나지 못하면 그 신성을 온전히 회복할 수 없다.

스승들은 시간 너머의 차원에 무한한 힘을 지닌 보편적이고 비선형적인 에너지장이 있다고 가르친다. 이 차원은 우리의 지성으로는 이해할 수 없다. '의식'이라 불리는 이것에서 '시간'이라는 차원이 생겨나고, 여기에 물질이 더해져 '공간'이 생겨난다.

이 드러나지 않는 차원에 대한 이해는 경험을 통해서만 가능하다. '수행'이든 '학습'이든 '전생 복'이든 '은혜'든 각기 다른 이름으로 부를 수 있는 헌신과 노력을 통해 얻어지는 것이다. 나는 이것을 '영적 행운'이라 부르고 싶다.

영적 제자와 헌신자들을 위해 시대마다 수많은 스승들이 이 땅에 오셨다. 그분들은 우리가 갖고 태어난 것들을 발현할 수 있도록, 그리고 그 과정에서 만나는 다양한 장애와 유혹과 함정들을 넘어설 수 있도록 도와주신다.

13

모든 것을 사랑으로 하라

칭
하
이

무
상
사

전남 지역의 대학교수 한 분이 요가 연구소를 찾아왔다. 대만 유학 시절 여자 부처를 한 분 만났는데, 그분을 한국에 초청할 계획이니 도와달라고 한다. 여자 부처? 여자 성인? 왠지 그런 일은 내 일 같았다.

한국에 오시면 숙소는 어디로 할 것인지, 강연은 어디서 하며 몇 명이 들어갈 수 있는 장소를 확보해야 하는지 등에 대해 우리는 의논했다. 숙소는 지인의 아파트를 제공하기로 했고, 강연 장소로는 2~3백 명 정도가 들어갈 수 있는 호텔 연회장을 빌려

놓았다.

초청 준비가 한창일 무렵 대만에서 연락이 왔다. 만 명이 들어가는 장소가 필요하다는 것이었다. 우리는 깜짝 놀랐다. 만 명이라니…? 연예인도 아니고, 대체 어느 나라 스승이 오셔서 만명 홀을 사용했었던가? 첫 쇼크였다. 물론 링 린포체 방한 행사때 참석자가 10만 명이 넘은 적이 있었지만 그것은 어디까지나모든 지방의 행사 참석자를 합친 수였다. 그때 부산 KBS 홀에서는 만 명을 넘기기도 했었으니 가능할 수도 있겠다는 생각이들었다. 우리는 대만 측의 요청대로 잠실운동장 안에 만 명을수용할 수 있는 대강연장을 빌렸다.

며칠 후 대만에서 칭하이 무상사의 제자 수십 명이 먼저 입국했다. 이들은 서울 구석구석을 샅샅이 돌며 홍보물을 붙이고 다녔다. 밤낮을 가리지 않고 온 동네 골목골목 빠진 데 없이 뛰어다녔다. 정말 놀라운 열정이었고, 스승에 대한 신뢰와 정성이대단했다. 그들은 말 그대로 발로 뛰어다녔다. 그들의 행동 자체가 가장 강력한 홍보였다. 그들은 머리를 쓰지 않았다. 계산 없이 끊임없이 뛰어다니며 전단지를 붙였다. 쉬지 않고 움직이는그들의 모습은 그저 감탄스러울 뿐이었다. 스승이 열흘 동안 머물게 될 아파트도 마치 새 집 입주 준비를 하듯 쓸고 닦았다. 그들은 스승의 거처를 소중한 보물처럼 다루었다.

그들의 모습은 나를 돌아보게 만들었다. 나는 나의 스승께 저렇게 해본 적이 있었던가? 나는 언제 스승께 저토록 헌신적이었던가? 나는 언제 스승을 향해 저런 신뢰와 열정을 바쳤던가…?

새로운 스타일의 도인

마침내 칭하이 무상사가 한국에 모습을 나타내셨다. 수많은 제자 동수同修들이 그 뒤를 따르고 있었다. 명상하는 사람들 중에는 이분이 한국에 처음 모습을 드러내시던 순간을 기억하고 있는 이들이 많을 것이다. 조그만 체구, 당당한 태도, 유창한 영어, 짙은 화장, 화려한 옷차림과 보석들…. 이런 모습으로 나타난 그분을 누가 도인이라 여기겠는가? 많은 사람들이 그랬듯 나도 놀랐다. 그 후 더 놀랐던 것은, 우리의 선입견과 고정관념, 환상 등이 깨끗이 사라졌다는 것이다.

행사 첫날… 만 명 좌석이 거의 들어찬 것 같았다. 8천 명은 족히 넘었으리라. 다들 어떻게 알고 이렇게 모였는지 의아할 정도였다. 그동안 인도에서 많은 성인들의 행사를 보았지만 그것은 매우 특이하고 생소한 광경이었다.

강연이 시작되었다. 그리고 곧 놀라운 변화가 시작되었다. 그분의 명쾌하고 단호한 말씀을 들으면서 사람들은 고정관념의 겉옷을 벗어던졌다. 누가 도인을 흰 수염 날리는 모습으로 묘사했던가? 누가 도인을 가사장삼에 도포자락 휘날리는 모습으로 그렸던가? 누가 도인을 점잖고 거룩한 모습으로만 상상했던가? 모든 것이 다 날아갔다. 모든 선입견들이 저절로 소멸했다. 사람들은 통쾌한 통찰력과 평온한 마음의 그분을 새로운 스타일의 현대식 성자로 맞이했다. 칭하이 무상사의 감동적인 강연은 긴 시간 동안 모든 사람들의 주의를 소고삐 잡듯 굳게 잡고 있었다.

다음 날 아침 일찍 칭하이 무상사의 대만인 동수가 나를 찾아와 함께 스승님께 가자고 했다. 나를 데려오라고 하신 모양이다. 그를 따라 숙소로 갔다. 칭하이 무상사가 나오시는데, 자그만 체구에 금방 샤워를 마치고 흰 옷을 가볍게 걸친 모습이 어제의 그분이 아니다. 그냥 순결한 비구니의 모습이다. 웃으면서 건네시는 말씀이, 나에게 한국 연락인을 하라신다.

나는 대답을 할 수 없었다. 내 몫이 아닌 것 같았다. 왠지 모르게 마음에 걸리는 것이 있었는데, 그게 뭔지 도무지 알 수가 없었다.

행사를 마치고 홍콩으로 가시면서 칭하이 무상사는 나에게 그곳으로 오라고 하셨다. 나는 "네" 하고 대답했다. 그리고 며칠 후 홍콩으로 날아가 그곳에 살고 있던 친구와 함께 무상사의 거처를 찾아갔다. 홍콩에 이런 곳이 있나 싶을 정도로 외진 산속이었다. 그곳에 동굴이 있었고, 그 안에서 칭하이 무상사가 틈틈이 그림을 그리신다고 했다.

그림을 그리고 있는 그분의 모습은 그냥 천사였다. 그림의 내용은 천상의 이야기들이었다. 그림과 천사의 모습이 어우러져 신비한 기운이 흘러넘쳤다. 주위는 온통 오라 투성이였다. 그 빛 속에서 나는 할 말을 잃었다. 도대체 우리는 얼마나 더 가까이 가야 진실을 이해할 수 있단 말인가…?

동굴에서 좀 떨어진 곳에 초대 손님들이 잠시 머무를 수 있는 예쁜 공간이 조성되어 있었다. 함께 갔던 홍콩 친구는 돌아가고, 그 텅 빈 방에서 혼자 첫날 밤을 맞이했다. 명상을 하다가 잠이 들었던 것 같다. 꿈결에 그분이 오셔서 말씀하셨다.

'열쇠를 갖고 올 터이니 기다려라.'

둘째 날… 아무런 전갈이 없다.

셋째 날… 아무런 소식이 없다.

나는 한국으로 돌아왔다. 그리고 무상사를 모시던 스태프에

게 말했다. 한국 연락인을 못 하겠다고. 이유는 열쇠를 받지 못
했기 때문이다. 주시지 않았기 때문에.

다 가져가라

청하이 무상사가 두 번째로 한국에 오셨다. 부산을 비롯한 지방
강연 때였다. 당시는 수행이나 구도에 대한 생각들이 제대로 정
립되어 있지 않은 시절이었다. 명상이나 계율에 대한 이해는 불
충분했고, 도인에 대한 선입견도 난무했다. 청하이 무상사는 피
곤하다 하시며 옆으로 누운 채 질의응답을 진행하고 있었다.

한 남성이 질문했다.

"왜 화장을 하고 보석들을 주렁주렁 달고 다니십니까?"

질문을 들은 청하이 무상사가 귀걸이, 목걸이, 팔찌 등을 빼시
더니 가져가라며 던지셨다. 장내가 쥐 죽은 듯이 조용해졌다. 모
두 초집중 상태가 되었다.

"내 외모가 당신의 영적 수행과 무슨 관계가 있는가? 나는 이
런 것에 아무 집착이 없으니 다 가져가라."

그 장신구들은 거의 다 다이아몬드였다. 질문을 던졌던 당사
자는 어떤 기분이었을까? 그 자리에 있던 다른 사람들은 어떤
기분이었을까? 내 기분은 무척 좋았다. 거칠면서도 당당한 태

도로 다 던져버리면서 그분은 모든 이들에게 말하고 있었다. '이건 내 취향일 뿐'이라고….

한 달 뒤, 대만에서 영성 훈련이 있으니 오라고 한다. 영적 수행에 목말라 있던 많은 공부자들이 무리를 이루어 대만으로 떠났다. 뜬구름 잡듯이 간 이들도 많았다.

대만에 도착했을 때는 비가 많이 내린 뒤였다. 사람들은 질퍽한 땅에 판자를 깔고 침낭에서 잠을 자고 생활하면서도 행복해했다. 한마디의 투정도 불만도 없이 악조건을 수용한 공부자들은 그때를 행복한 시간으로 기억할 것이다. 그들에게 경의를 표한다.

칭하이 무상사가 예정에 없던 시간에 외부로 나올 때가 가끔 있었다. 그때마다 어떻게 알았는지 수많은 사람들이 우르르 모여들었다. 내가 도착한 둘째 날 저녁공양 시간 전에도 칭하이가 밖으로 나오셨다. 또 다들 모여들었다. 자연스럽게 영성에 대해, 명상에 대해, 영적 수행에 대해 말씀이 이어졌다. 비디오를 담당한 사람이 그 상황을 놓치지 않으려고 카메라를 메고 앞에서 왔다갔다하고 있었다. 그것이 마음에 걸리셨는지 칭하이 무상사는 비디오를 찍지 말라고 하셨다. 그런데도 그는 넘쳐나는 책임감으로 계속 무상사 앞을 왔다갔다하면서 비디오를 찍었다. 무상사는 법문을 방해하는 그에게 화가 나신 것 같다. 그를 부르더니, 메고 있던 카메라를 빼앗았다. 왜 하지 말라는데 자꾸 하느냐….

그때 나는 내 안에도 거친 부분이 있음을 보았다. 내가 어느 날 깨달았다고 해도 저렇게 했을 것 같다고…. 깨달아도 기질은 바뀌지 않는 것일까? 가당치 않은 생각을 하면서 내일은 돌아가야겠다고 생각했다.

그날 늦은 시간에 많은 이들이 또 어디론가 우르르 몰려간다. 따라가 보니 역시 칭하이 무상사가 나와 앉아 계신다. 대만인은 대만인대로 모여 있고, 외국인들은 외국인대로 한 그룹이 되어 앉아 있다. 그 안에서 한국인들은 또 한국인대로 모여 있었다. 이런 모임이 순식간에 이루어진다.

갑자기 칭하이 무상사께서 나를 부르신다. 앞으로 다가가니 나에게 통역을 하라 하신다. 나는 손사래를 치며 못 한다고 했다. 그랬더니 강한 어조로 말씀하신다.

"통역이란 도구와 같다. 나에게 주의를 집중하고 내 말을 전달하기만 하면 되는 것인데, 왜 스스로 너 자신이 한다고 생각하느냐? 그 생각을 버리고 내 입의 도구 역할만 하라."

다시 못 하겠다고 하면 큰일 날 것 같았다. 사실 그전에도 나는 보잘것없는 영어 실력으로 통역을 해본 경험이 여러 번 있었다. 달라이 라마는 나의 '브로큰 잉글리쉬'를 좋아한다고 하신 일도 있다. 아봐타 위저드 초창기에는 마땅한 통역이 없어서 어쩔 수 없이 그 자리를 메운 적도 있었는데, 그 긴장감으로 원형탈모증까지 겪기도 했다. 물론 그분들의 깊은 사랑과 신뢰를 나는 안다. 문제는 나의 영어 실력이 그때 그대로라는 것이었다.

마이크를 들었다. 그리고 한국인들에게 말했다. 외국인들이 웃으면 따라 웃어라⋯. 한국어 통역이 한발 늦기 때문에, 여러 나라 사람들이 섞여 있을 땐 통역도 어렵다. 영어를 알아듣는 사람들은 듣는 곧바로 감동도 느끼고 웃기도 하지만 한국인들은 늘 한발이 늦어서 통역을 잘해도 반응이 별무신통이다. 외국인들 웃을 때 쳐다보지 말고 그냥 따라 웃으면 왜 웃는지 알게 된다. 그러니 무조건 외국인들이 웃으면 따라 웃어라⋯.

내 말에 한국인들이 크게 웃었다. 칭하이 무상사께서 '나는 아무 말도 하지 않았는데 네가 무슨 말을 했기에 저렇게 웃는 것이냐' 물으신다. 내가 한 말을 그대로 전해드렸더니 그냥 웃어주고 넘어가 주신다. 나는 두 번 다시는 같은 말을 반복하지 않았다.

말씀이 시작되고 30분쯤 흘렀을까? 내 영어 실력이 슬슬 고 갈되어 간다고 느꼈을 때, 나는 내 안의 긴장감을 직감하고 바로 앞에 앉아 있던 공식 통역에게 나와달라고 손짓했다. 그런데 칭하이 무상사는 그새 어떻게 알아차리셨는지 '왜 네 마음대로 하느냐, 내 입이 되어주면 된다고 했는데 왜 너의 생각을 하느냐' 하시고는 일어나 가버리신다. 모두들 우르르 따라 일어나 각자의 쉼터로 돌아갔다.

텅 빈 공간에 나 혼자 남아 있었다. 그분이 떠난 그곳에 그대로 앉아 눈을 감았다. 아무 생각 없이 명상했다.

얼마나 지났을까? 조용한 발걸음 소리가 들렸다. 그대로 앉아 있었다. 소리가 아주 가까이 다가왔을 때도 그냥 그대로 앉아 있었다. 어떤 메시지가 올 때까지 기다리고 있었다. 그것은 어떤 상황에서나 일관했던 나의 의도적인 습관이자 태도였다. 얼마나 오래든 기다리면 들린다. 느껴진다. 즉시 반응하지 않으면 들을 수 있고 느낄 수 있다.

이윽고 목소리가 들렸다.

"이리 와보거라."

눈을 뜨고 소리 나는 쪽을 바라보았다. 칭하이 무상사가 그네 의자에 앉아 웃고 계신다. 그 옆에 두 명의 동수가 서 있다.

그 자리에서 삼배를 올렸다. 한 배 한 배마다 속으로 '죄송합니다'를 되뇌었다.

칭하이 무상사가 그 자리를 떠나시면서 내 손에 무언가를 쥐여주셨다. 늘 들고 다니시던 예쁜 양산이다.

다음 날 아침, 기부를 위한 판매대에 양산을 올려놓고 한국으로 돌아왔다. 훗날 들으니 어느 한국인이 천 달러를 기부하고 그 양산을 가져갔다고 한다.

1년쯤 지나 칭하이 무상사가 다시 한국을 방문하셨을 때, 어느 날 새벽 대만인 동수가 연구소로 나를 찾아왔다. 이 이른 시간에 웬일일까? 칭하이 스승님이 나를 보자 하신단다. 동수와 함께 무상사가 계시는 호텔로 갔다. 첫 만남 때처럼 청아한 모습으로 비구니처럼 환하게 웃으시며 손을 잡아주신다. 나는 별다른 말 없이 그냥 함께 앉아 따뜻한 차 한 잔을 마시고 나왔다.

먹는 것이 중요하다

칭하이 무상사가 한국에 뿌린 영적 수행의 씨앗은 대단한 것이었다. 그분은 구도자의 의미와 계율과 명상에 대해 또렷하고 분명하게 전해주셨다. 특히 그분이 강조하신 채식은 공부자들에게 큰 지침이 되었다.

영적 진보를 위해서는 평온한 느낌을 일으키는 음식이 필요하다. 우리는 먹는 것에 많은 영향을 받는다. 우리가 먹는 음식은 우리의 마음을 좌우하기 때문이다. 생명 존중과 관련해서도 채식을 해야 한다.

술, 담배, 마약을 금해야 한다. 이러한 것들은 한순간의 만족을 줄 뿐 우리를 악행으로 이끌고 결국에는 질병과 끝없는 후회와 고통을 남긴다.

순수하고 도덕적인 삶을 살고 올바른 성생활을 해야 한다. 성관계가 필요하다면 법적으로 결혼해야 한다. 음욕과 성은 영적 진보를 방해하는 매우 강력한 적이다. 본능을 남용하는 것은 육체적, 영적 성장에 모두 좋지 않다. 세상을 떠나 은둔자가 되라는 것이 아니다. 마음은 언제나 감각적 쾌락을 좇으려 하지만 우리의 결심과 노력으로 그 방향을 돌릴 수가 있다. 완벽함은 처음부터 가능한 것이 아니라 오랜 영적 수행을 통해서 이루어진다.

명상 수행을 하기 위해 무엇이 필요한지를 먼저 이해해야 한다. 정해진 시간에 규칙적으로 명상하면 여기저기 떠도는 마음이 서서히 잠잠해진다. 명상적인 분위기를 조성하여 집이나 일터에서 만나는 사람들 속에서도 평화를 유지할 만큼 훈련되어야 한다. 명상은 우리의 유일한 피난처이며 휴식 공간이다. 명상은 농작물을 지키는 울타리와 같이 우리의 행복을 지켜준다. 명상의 궁극적인 목적은 '신'을 깨닫는 것이다.

성인들의 가르침은 종교가 아니라 하나의 생활방식이다. 그들의 가르침은 순수한 본질을 경험하도록 도와주고, 바른 삶을 살도록 안내한다. 꾸준히 바른 삶을 이루는 일상생활이 명상을 도와준다.

칭하이 무상사의 강연과 질의응답은 많은 이들을 매료시킬 만큼 단순하고 명료하다. 베트남 태생으로 인도에서 수행하시고, 히말라야로 들어가서 깊은 명상 후 큰 깨달음을 얻고 대만으로 오셨다고 전해진다. 대만을 시작으로 지금은 전 세계를 누비며 가르침을 전하는 영적 스승이 되셨다.

어느 날 한 한국인이 질문했다.

"당신의 스승은 누구십니까?"

칭하이 무상사가 되물었다.

"그걸 알아서 무엇하냐? 나로 충분하지 않으냐?"

칭하이 무상사가 이끄는 단체에서 한국의 지방에 아쉬람을 만들기로 했다며 한 동수가 와서 자문을 구했다. 마침 오랜 친구 하나가 충북 영동에 넓은 땅을 갖고 있었는데, 그에게 사는 집만 빼고 나머지를 이 단체에 팔면 어떻겠느냐고 제안했다. 지체장애인 아들과 함께 오래전부터 영동 깊은 산골에 터를 잡고 살고 있었던 이 친구는 결국 나의 제안대로 거처만 빼고 모든 땅을 단체에 양도했다.

어느 날 이 친구가 말했다.

"도인은 꼭 그렇게 꽃가마를 타고 야단스럽게 움직여야 하는 거야?"

시골 동네가 발칵 뒤집힐 정도로 축제를 벌인 것 같았다. 친구의 질문에 나는 자신 있는 대답을 할 수가 없었다. 어쨌든 그런 것이 칭하이 무상사만의 색깔이다. 그리고 그 색깔은 늘 알록달록 예쁘다. 잘은 모르지만, 천상이 그런 모습일 수도 있지 않을까.

나는 칭하이 무상사에게 크나큰 감사를 드려야만 한다. 그분 덕에 라다소아미를 만났기 때문이다. 이제 나는 더 이상 기웃거리거나 꾸물거릴 필요가 없게 되었다. 이 얼마나 큰 축복인가. 나는 나에게 윤동주 시인의 〈서시〉를 들려준다.

죽는 날까지 하늘을 우러러

한 점 부끄럼이 없기를

잎새에 이는 바람에도

나는 괴로워했다.

별을 노래하는 마음으로

모든 죽어가는 것을 사랑해야지.

그리고 나한테 주어진 길을

걸어가야겠다.

오늘밤에도 별이 바람에 스치운다.

14

세상에서 가장 안정된 마음

다
디
장
키

그분을 만난 것은 영적 수행의 길에서 좌절과 회의를 느꼈을 즈음이었다. 구도자로서 스스로 파놓은 함정에 빠져 있을 때, 세상에서 가장 평화로운 가슴을 지녔다는 여성 영성 지도자 다디 장키를 만난 것이다. 지금 이 세상에서 우리와 함께 살아가고 있는 각성자 중 한 분이라는 다디 장키, 물질 차원에서는 여성이라 더 좋았다.

지금까지 나는 여성 영적 지도자를 세 분 만났다. 인도에서 만난 구루마이는 균형 잡힌 아름다운 여성 스승이다. 한국 초청 행사 때 처음 뵈었던 베트남의 영성 지도자 칭하이 무상사는 대범하고 용기 있고 매력적인 분이다. 인도 여성 다디 장키는 단순하고 평범하나 범접할 수 없는 힘이 있다. 나와 함께 이 세상을 살아가고 계신 여성 영성 지도자들을 뵐 때마다 여성 구도자로서 자족감과 함께 수행할 힘이 생긴다.

다디 장키는 단순하고 맑다. 독점하려는 의지도 없고, 순수하고 정직하다. 체구는 아주 작지만 나에게는 담대한 장군처럼 느껴진다. 누군가가 '다디 장키처럼 작은 체구를 가진 여성이 마치 코끼리 백 마리를 합친 것 같은 담대함을 지니고 있는 것을 본 적이 없다'고 했던 말에 나는 전적으로 공감한다. 다디 장키는 끝없는 평화, 사랑, 행복 속에 살면서 그런 자질들을 내면에서 끌어내 바깥세상으로 나눈다. 미국의 과학자들이 이분을 관찰하고 실험한 끝에 이렇게 말한 적이 있다. '세상에서 가장 안정된 마음을 갖고 있는 사람.'

다디 장키의 스승인 브라마 바바Brahma Baba(레크라즈 크리팔라니Lekhraj Kripalani)는 브라마 쿠마리스 세계 영성 대학교의 창시자이다. 이 영성 대학교는 인도 라자스탄의 마운트 아부에 있다. 사회 각계각층에서 긍정적인 변화를 위해 일하는 비영리 국제단체로 세계 각국에 산재한 센터들이 다양한 교육 활동을 하고 있으며, 특히 명상과 긍정적인 가치관에 관한 수많은 강좌와 강연회를 개최하고 있다. 각 개인이 자신의 자질과 능력을 깨닫고 가장 높은 삶을 살아갈 수 있도록 지원하는 인도의 전통적인 영적 수행처인 이곳에서는 지금도 전 세계에서 수많은 구도자들이 모여 명상하고 있다.

브라마 바바에 대해 말씀하실 때 다디 장키에게서는 스승에 대한 경외심과 감사함을 넘어 무어라 표현할 수 없는 사모가 느껴진다. 스승을 향한 그분의 마음은 눈물겨울 정도이다. 스승에 대한 충성심과 믿음, 절대 타협이 없는 스승과의 약속과 계율들…. 다디 장키는 이런 것들을 통해 인간의 기본적인 미덕들과 함께 자아에 대한 깨달음을 얻으셨을 것이다.

일생에 걸친 그분의 영적 노력은 나를 숙연하게 만든다. 노력하지 않으면 뭔가를 얻을 수 없다는 그분의 교훈은 나의 온 삶을 돌아보게 했다. 그분과의 첫 만남에서 나는 내가 구도자로서 책임감 없고 균형 잡히지 않은 사람임을 자각할 수 있었다. 내 안에 영적 수행의 걸림돌들이 수없이 자리 잡고 있는 것을 보았다. 나는 방을 치우듯이 마음의 방을 청소하기 시작했다. 빗자루로 쓸고, 걸레로 닦고, 다시 쓸고 닦았다.

다디 장키는 인류 전체를 사랑하신다. 그분 안에는 평화가 살아 있다. 작은 체구로 UN에서 강연하셨을 때 모든 이들은 그분이 수많은 영혼들에게 행복과 평화를 선물하고 있음을 알았을 것이다. 그분은 인류에게 영적인 지식을 나눠주는 사명을 수행하고 있다.

다디 장키가 한국을 두 번째 방문하셨을 때였다. 나는 브라마 쿠마리스 한국협회와 협조하여 강연 행사를 준비했다. 그런데 행사장으로 잡아놓은 호텔을 가 보니 홀의 강단 쪽이 높지 않아서 뒤에 앉은 사람들이 작은 체구의 다디 장키를 제대로 보기 어려운 구조였다. 바로 내일이 강연인데…. 관계자들이 모여 회의를 했지만 해결책이 떠오르지 않았다.

나는 오랜 벗에게 전화를 걸어 상황을 설명했다. 친구가 아이디어를 내놓았다. 그 친구를 만나 사당동에 있는 가구점을 돌아다닌 끝에 책상 열 개를 구입해서 다리를 짧은 것으로 교체해 호텔 강단 위에 야트막한 강단을 한 층 더 올렸다. 그 위에 다디 장키처럼 순수하고 깨끗한 면 커버를 덮은 뒤 그 위에 방석을 깔고 앉으시도록 법상을 만들어놓았다. 뒤쪽으로 가서 확인해 보니 모든 사람들이 잘 볼 수 있는 강단이 되어 있었다. 이 일을 불과 몇 시간 만에 해냈다.

이때 사용했던 책상 열 개는 행사가 끝난 뒤 원래의 긴 다리로 교체해서 의자 40개와 함께 현재 우리 명상센터의 랑가(식당)에서 20년 넘게 잘 사용하고 있다.

행복으로 가는 길

우리의 삶에는 참으로 많은 종류의 위기가 발생한다. 위기로부터 자유로운 삶을 살아온 사람은 없다. 몸에 큰 변화가 일어날 수도 있다. 인간관계에 위기가 찾아올 수도 있고, 세계적인 격동이 일어날 수도 있다. 그러나 내 안에 평화가 있다면 마음의 안정이 흔들리지 않게 된다. 마음의 안정은 좋은 삶을 살아가는 데 필수적이다.

마음에 떠오르는 생각의 질에 주의를 기울일 필요가 있다. 자신을 불행하게 내버려두는 것은 유익하지 않다. 불행은 이해의 부족에서 온다. 부정적인 생각이 많을수록 걱정은 많다. 걱정이나 불안을 줄이기 위해서는 자신의 생각을 좀 더 주의 깊게 살펴볼 필요가 있다.

과거를 기억하지 말라. 미래를 염려하지 말라. 남들을 비판하지 말고, 자신에 대해 두려움을 갖지 말라. 걱정이나 두려움, 그리고 불행을 주는 생각과 느낌은 아무 쓸모가 없다. 이런 것들이 생겨나는 이유는 내면의 힘이 없기 때문이다. 명상을 통해 내면의 힘을 길러야 한다.

긍정적으로 생각하기 시작할 때 내면의 힘이 생겨난다. 우리 안의 생명 에너지를 이해할 때 우리는 행복해진다. 영적 지식을 흡수하기 시작하면 내면의 순수성이 더 개발된다.

순수성은 마음이라는 신전의 청결함을 유지하는 것이다. 매일 쓰레기가 신전으로 들어오지 않도록 내적으로 점검하는 시간이 필요하다. 어딘가에 부정적인 것이 숨어 있다면 발견하고 즉시 청소하라. 신전이 깨끗해야 주님이 들어와 앉을 수 있다.

순수성이 정직함을 가져온다. 부주의해지지 않도록 조심하라. 나의 생각과 느낌이 내면에 얼룩을 만들지 않도록 하라. 순수성이 진리를 낳는다. 그것이 평화이고 사랑이자 행복이며, 영혼의식이 가장 높은 자아이다. 우리들은 물질세계와 관계를 계속 맺어야 한다. 몸이 있으니 타인과의 관계도 필요하다. 균형을 잃지 않고 신호들을 잘 지키며 가야 한다. 영혼의식에 머무를 때 비로소 신께로 가는 길이 보일 것이다.

내적인 행복은 에너지이다. 항상 신을 기억하는 연습을 하면 행복이 쌓여 '나는 행복하다'고 느껴진다. 슬픔이나 두려움 때문에 신을 기억한다면, 위로받을지는 몰라도 내적 힘은 얻지 못한다. 사랑과 행복을 가지고 신을 기억하라. 신을 당신의 편으로 만들라.

　영혼의 본성은 단순하다. 영적 수행과 성장이 복잡하고 어려워지는 것은 육체의식이 낳은 의존, 욕망, 불신과 같은 습성들 때문이다. 영혼의식에는 복잡한 것이 없다. 흔히 '깨달음'이라고도 하는 영혼의식은 우리의 무지와 기만을 치유해준다. 영혼의식이야말로 우리의 가장 정상적인 존재 방법이다. 이것을 이해하고 나면 나머지는 '사랑'이 알아서 할 것이다.

15

갑옷을 벗어라

해
리
팔
머

인도 유학을 마치고 돌아온 지 얼마 되지 않았을 무렵, 남자 다
섯 분이 연구소를 찾아왔다. 그중에 취산 선생님이 있었다. 취
산 선생님은 수많은 정신세계 관련 서적을 한국에 소개한 번역
사의 큰 인물이다. 이분 말씀이, 미국에 살고 계실 때 건강이 좋
지 않아 병원을 찾아갔는데 주치의가 '아봐타Avatar'를 권유하더
라는 것이었다. 그렇게 병원에서 아봐타를 알게 된 뒤 한국으로
건너와 알맞은 공부자들에게 권하셨고, 그래서 일곱 명의 아봐
타 수행자가 생겨났다고 했다.

나를 찾아온 분들은 모두 흥분해 있었다. 왜 아봐타가 중요한지, 왜 해야 하는지, 자신들이 무엇을 경험했는지 설명하면서 나에게도 적극적으로 권했다. 이분들이 돌아간 뒤, 무엇이 저들을 저리도 흥분시키는 것일까 잠시 궁금하기도 했지만 곧 잊어버렸다. 그분들은 거의 매달 찾아와서 아봐타에 대해 이야기했다.

이미 인도에서 10년 넘게 여러 스승과 성인들을 만나고 대학에서 철학과 경전들을 공부하면서 영적 수행의 전통을 들여다보고 훈련하기도 했던 나였다. 에고와 자만심으로 둘러싸여 있던 나에게 그들의 이야기는 한바탕 웃음거리에 불과했다. 나는 내 것이 아니라 부모님으로부터, 성인들로부터 얻어입은 고상하고 거룩한 옷을 걸치고 있었다. 그들의 행동이 예의 없다고 느껴졌고, 그들과의 대화가 지루하고 불필요한 시간 소모로 여겨졌다.

어떻게 미국까지 교재를 들고 가서 마음공부를 한단 말인가? 일상생활조차 어수선해 보이는 사람들이 어찌 타인에게 마음공부를 시킨다는 말인가? 자기들이나 잘하지…. 지금 생각하면 우습기 짝이 없는 생각이었다.

어느 날, 잠자리에 들기 전 명상에 들어갔다. 얼마를 앉아 있는데, 한 목소리가 들린다. 한 얼굴이 보인다. 누구냐고 물으니 해리 팔머라고 한다. 해리 팔머?

'아봐타를 하라. 내가 한국에 갈 것이다.'

그 목소리는 너무도 선명했다. 해리 팔머? 아봐타? 이게 다 무엇인가…?

그 한밤중에, 아는 마스터에게 전화를 걸었다.

"당신이 말한 아봐타 창시자가 해리 팔머야?"

"응, 왜?"

"아봐타 하자. 며칠 걸려?"

"9일."

"뭐 그리 많이 걸려? 4일만 해."

"아니야, 이건 국제적인 약속이야. 그 기간이 필요해."

"몰라. 난 4일이면 다 할 수 있을 거야. 4일만 해. 얼마야?"

"140만 원."

어마어마한 교육비였다. 지금도 큰돈이지만 그 시절에는 더욱 크게 느껴졌다. 당시 연구소 회원들의 월 회비가 1인당 20만 원이었다. 다른 요가 센터들이 5만 원을 받을 때였다.

"내가 100만 원 받을 게 있으니까 40만 원 낼게. 내일부터 해."

바로 다음 날 마스터의 집으로 가서 아봐타를 시작했다.

1부 '다시 떠오르기'를 시작하자마자 주의attention에 대한 이야기가 나왔다. 나는 흥분했다. 그 해석과 연습은 놀라운 것이었다. 진작에 주의를 조절하는 훈련부터 시작해 그 의미를 확실히 터득했더라면 나는 긴 시간을 줄일 수 있었을 것이다.

'묶여 있는 주의 풀어놓기'는 환상적이다. 낡은 상처를 이렇게 쉽게 치유할 수 있다면 큰 은혜일 것이다. 우리는 상처를 끌어안고 살 필요가 없다.

'화해의 언덕 오르기'는 어떤가? 그것은 삶 전반에 걸친 한정되고 억눌리고 제약된 의식들을 풀어내는 기술이었다.

'자기 기만의 신호들'은 그냥 놀랍다고만 말하자. 남들이 나를 믿도록 하기 위해 나는 어떤 행동을 했는가? 내 기만의 신호들을 나는 과연 알아차렸던가?

그리고 '신념'이다. 나의 신념, 신념체계, 신념과 경험 사이의 원인과 결과…. 마침내 '투명한 신념 찾기'에서 큰 것을 하나 찾았다. 나는 왜 수행자가 되었는가? 왜 이 길을 선택한 것인가? 그것은 '척'하지 않고 정직해져야 말할 수 있었다. 버림받지 않으려고 선택한 길이었다. 누구에게, 무엇에 버림을 받은 걸까? 기억이 없다고 기록이 없는 것은 아닐 것이다. 버림받지 않는 길은 진정 무엇인가? 이 길을 잘 선택한 것 같았다.

'신념'을 찾았을 때 나는 하루 종일 노래를 불렀다. "아베 마리아…." 하루 종일 그 집 계단에 앉아 '아베 마리아'를 불렀다. 왜 하필 그 노래이고 그 음조였지는 모른다. 그냥 온종일 반복해서 불렀다.

그리고 마스터에게 그만하자고 했다.

"난 됐어."

마스터는 2부와 3부에 더 흥미로운 것이 있으니 계속하자고 권했다.

2부는 '느끼기', 3부는 C.H.P.(Creation Handling Procedure)였다. 내가 그릇도 깨끗이 닦지 않은 채 단지 보기 좋은 그릇을 들고 다녔음을 알았다. 그리고 그릇 안을 깨끗이 닦을 수 있었다. 설레고 기쁜 마음으로 닦으면서 7일 동안 훈련을 했다. 이미 수행을 해왔으니 며칠만 해도 된다는 교만함과 오만도 씻어냈다. 은행에서 새 돈으로 100만 원을 찾아 교육비를 채워 넣었다.

경험 없이는 아무것도 건지지 못한다. 나는 그해에 곧바로 아봐타의 순서를 따라 위저드 코스까지 갔다.

갑옷을 벗기 위해

마스터 코스를 위해 미국으로 갔다. 그리고 마침내 올랜도에서 해리 팔머를 만났다. 큰 체구, 큰 손, 큰 미소… 모든 것이 컸다. 그분과 마주서서, 오래전부터 알고 있었던 연인처럼 바라보았다. 그분은 큰 손으로 악수하고, 큰 체구로 포옹하고, 큰 미소로 답했다. 정말 기분 좋은 만남이었다.

그 시절 마스터 코스가 끝나고 받는 라이선스에는 급수가 있었다. 나는 맨 아래 급수를 받았다. 내가 꼴찌…? 이러면 마스터 코스를 네 번씩이나 복습해야 되는데….

라이선스를 들고 매니저인 마이큰을 찾아갔다. 왜 내가 꼴찌 성적표를 받았는지 따지고 싶었다. 문을 열고 들어서는 순간, 그녀가 어서 오라며 특유의 웃음으로 맞이한다. 네가 문진희냐고 물었을 때, 나는 눈치를 챘다. 왜 나에게 네 차례 복습이 필요한 라이선스를 주었는지…. 묘한 분위기가 흘렀다. 둘이 자리에 앉았을 때 나는 왜 왔는지도 잊어버렸다. 마이큰도 왜 왔는지 묻지 않았다. 그녀가 말했다. 네가 아봐타를 시작해서 참 좋다고, 끝까지 함께 가자고….

왜 꼴찌일까? 잘난 척하지 말라는 거겠지. 네 맘대로 하지 말고 겸손하게 아봐타 식으로 한 발 한 발 나아가라는 뜻이겠지.

'척'하기를 그만두라는 것이겠지. 나는 한국으로 돌아가서 할 일들을 미리 계획했다.

한국의 마스터 다섯 명을 연구소로 초대해서 네 번의 복습을 했다. 다섯 명씩 5주 연속으로 진행했다. 두 달 동안 스물다섯 명을 배출했고, 나는 스타 마스터가 되었다. 처음에는 그런 단계가 있는 줄도 몰랐다. 아마도 나는 세계에서 가장 짧은 기간에 스타 마스터가 된 사람일 것이다.

몇 달 후 다시 올랜도에 갔을 때, 근사한 미국인 남자가 공항에서 나를 맞았다. 전 세계의 아봐타 코스를 관장하는 '스타즈 에지' 사에서 보낸 기사였다. 생전 처음 보는 리무진을 타고 코스가 열리고 있던 장소로 갔을 때, 맨 처음 마주친 사람이 매니저 마이큰이었다. 그녀가 말했다.

"너 이럴 줄 알았어."

프로페셔널 코스는 독일에 가서 했다. 그 후 나는 이 코스가 꼭 허니문과 같다고 소문을 냈다.

위저드 코스는 다시 미국 올랜도에서 했다. 이곳에서 해리 팔머를 두 번째로 만났다. 코스 중에 해리와 함께 호텔 복도에 애들처럼 쪼그리고 앉았을 때, 그분이 나에게 아주 조용히 말했다.

"네가 하는 공부에 팁을 하나 주고 싶은데…"

"당연히 알려주셔야죠."

그분은 매우 진지했고, 진한 사랑의 느낌도 있었다. 그런데 이 불안은 뭘까…?

"넌 지금 갑옷을 입고 있어. 그걸 벗어야 돼."

그 순간 머릿속이 하얗게 질리면서 뭔가가 머리를 툭 치고 지나갔다. '맞다!' 머리는 인정하고 싶지 않았지만 마음속의 양심은 알고 있었다. 갑옷이라니! 내가 갑옷을 입고 있다니…. 인도에서 10년 넘게 수행 생활을 하고 온 나의 에고가 아직도 이토록 두껍단 말인가…?

갑옷을 벗기 위해 그 뒤로 7년 넘게 아봐타를 했다. 국제 트레이너들이 모여 점심을 함께 하던 어느 날, 해리 팔머가 나를 놀리듯이 말했다.

"아무도 코리아 문에게 활을 쏘지 마시오. 문은 갑옷을 입고 있소."

그분께 감사드린다. 아봐타를 못 만났다면 아직도 갑옷으로 나의 부정직을 감추고 있었을 것이다. 그런 게 있다는 생각도 못 하고 지냈을 것이다. 지금도 나는 명상으로 다 녹여내지 못한 때를 닦아내고 있다.

거미가 열심히 거미줄을 짠다. 아름다운 거미줄이 완성되었을 때, 거미는 자신이 처놓은 줄에 갇혀 빠져나올 수 없게 된다. 그리고 비로소 알게 된다. 모든 것을 얻었을 때, 그것이 자신을 소유해버렸음을. 에고는 그런 것이다.

에고는 마음의 본능이기 때문에 마음을 먼저 정복해야 한다. 마음을 진압해야 에고를 몰아낼 수 있다. 마음이 감각보다 더 좋은 것에 집착한다면 에고는 우리 안에 있을 수 없기 때문이다. 에고를 몰아낼 수 있는 유일한 방법은 영적 수행, 명상이다.

100불의 기적

IMF 시절, 위저드 코스에 참가한 한국인은 나를 포함해 모두 다섯 명이었다. 스타즈 에지 사가 한국의 어려운 상황을 알고 펜션 하나를 내주어서 우리는 호텔 비용을 줄이고 모두 한 집에 묵으면서 코스를 수련했다. 수녀님, 비구니 스님, 시카고에서 오신 목사님, 나의 마스터와 나, 이렇게 다섯 명이 재미있게 코스를 마쳤다.

목사님은 위저드를 통해 진정한 복음을 들은 것 같았다. 스스로 고백했듯이 성性의 문제와 사람들과의 관계, 그 비밀 다루기에서 용기 있고 정직하게 문제들을 잘 풀어가셨다. '신념'을 찾았을 때에는 큰소리로 '할렐루야'를 외치며 넓은 홀이 울리도록 대성통곡했다.

위저드를 마친 목사님은 부인과 함께 신혼여행 오듯 한국으로 건너오셨다. 그리고 미국으로 돌아가신 뒤 하늘나라로 가셨다.

위저드 코스 복습 기간에 몇 주년 기념행사를 함께 치르게 되었다. 한국인 20여 명이 위저드 코스에 참가했다. 점심시간이 끝난 오후에 파티가 있었다. 맛있는 케이크와 음료, 커피 등을 즐기는 시간이었다. 해리 팔머도 매일 나와서 참가자들과 담소도 나누고 악수하고 포옹하고 대화하면서 울고 웃고 했다. 모든 것이 소중하고 즐거운 시간이었다.

파티가 끝날 즈음, 다시 공부를 시작할 수 있도록 테이블 위의 음식들이 치워지고 참가자들은 모두 밖으로 나갔다. 직원들의 손이 빠르게 움직였다. 나를 포함한 한국인들은 큰 원탁 하나 정도면 다 앉을 수 있었다. 테이블을 정리한 뒤 다시 흰 커버를 깔고 그 위에 초 하나를 켜고 앉았다. 청소하는 직원들 말고는 거의 다 밖에 나간 사이였다. 타오르는 촛불을 바라보고 앉아 있는데, 어깨 위로 손 하나가 가볍게 얹혀진다. 그 손 위로 가볍게 내 손을 올리며 "Who are you?" 하고 물으니 "해리 팔머" 하고 대답한다. 처음 꿈속에서 들었던 그 목소리였다.

한번 숨을 돌리고 나서 뒤를 돌아보았다. 해리 팔머가 옆의 의자를 끌어와 앉으신다. 얼마를 그렇게 앉아 있다가, 지갑에서 100불을 꺼내 나에게 주신다. 그 돈을 받아 드는 순간 일어나는 생각이 유치하다.

'이제 돈을 많이 벌겠구나.'

해리 팔머가 들어와 계신 것을 본 참가자들이 우리가 앉아 있던 테이블로 모여들었다. 그들이 부러움 섞인 표정으로 나를 바라보았다.

그 순간 왜 그런 생각이 들었을까? 놀라운 것은, 그 이후 나는 아봐타 마스터로서 세계에서 돈을 가장 많이 번 사람이 아닐까 싶을 정도가 되었다는 사실이다. 지금 원주에 있는 명상센터를 지을 때 필요했던 3억 중 1억이 아봐타로 모아진 돈이다. 100불이 1억이 된 것이다.

훗날 아봐타 마스터를 그만둘 때, 다음 책임자에게 그 100불을 물려주었다. 이후 그녀도 아봐타 마스터로서 많은 돈을 벌었다고 한다.

모든 가르침은 통한다

한국의 초창기 아봐타는 혼란스러웠다. 지금은 체계적이다. 장

단점은 있겠으나 기법이 일률적으로 맞춰진 것은 잘된 변화이다. 처음에는 외국인 트레이너들을 초청해서 코스의 내용을 보충했다. 몇 년을 그렇게 하니 조금씩 자리가 잡혀가기 시작했다.

트레이너들 중 특히 중요한 역할을 했던 두 분을 초청해 호텔에서 마스터 핸드북 코스를 진행했을 때였다. 들어온 교육비와 지출을 계산하고 나니 60만 원이 남았다. 첫 흑자 코스였다. 그 전까지는 연구소에서 트레이너 초청 비용을 포함한 모든 비용의 절반 이상을 감당하느라 늘 적자가 났었는데, 처음으로 돈이 남은 것이다.

코스가 마무리되고 마지막 미팅을 할 때, 한 트레이너가 남은 돈이 얼마냐고 물었다. 왜 그 돈에 대해 묻느냐고 했더니, 함께 진행한 코스이니 함께 나눠야 한다는 것이었다. 몇 년 동안 내 돈 내서 코스를 하다가 이제 겨우 이 정도 남았는데 이것을 나눠야 한다고? 나는 다른 말 없이 해리와 그의 아내 아브라와 상의해서 마무리하겠다고 했다. 그들은 당황했고, 나는 언짢았다. 돈 들여 할 때는 아는 척도 안 했는데, 남으니 나누자 한다. 물론 트레이너에게 지불해야 하는 돈은 다 준 뒤였다. 그들도 설마 했었을 것이다. 비행기값이 훨씬 많이 들 텐데…. 나는 스타즈 에지 사에 팩스를 보내놓고 트레이너들과 함께 비행기를 타고 올랜도로 날아갔다.

다 함께 미팅을 하기 위해 앉았다. 아브라가 놀리듯이 웃는다. 그녀를 보면서 다시 한번 깨달았다. 난 늘 이렇게 감정이 앞서서 서두르고 어설프다. 그래도 여기까지 왔으니 어쩌랴.

아브라가 말했다.

"여럿이 함께 하는 일이라…. 특히 돈은 항상 1불이라도 정확하게 계산하도록 교육했기 때문에 이런 일이 일어난 것 같다."

할 말이 없었다. 나의 돈 계산은 늘 주먹구구식이었다. 나는 구구절절 늘어놓기 시작했다. 한국 아바타 코스를 위해 몇 년 동안 국제 트레이너들을 초청하고 돈도 지불하고 어쩌고저쩌고 했는데, 겨우 60만 원 남은 이 코스에서 나누자 하다니…. 치사하다는 말까지는 차마 못 했지만, 그 자리에 있던 해리와 아브라는 물론 모든 트레이너들도 다 눈치챘을 것이다.

아브라가 "네가 하고 싶은 말 내가 대신 해줄까?" 하더니 두 트레이너에게 말했다.

"감히 너네가 뭔데 나한테 이래라저래라 하냐? 한국 와서 트레이너 비용까지 줬으면 됐지, 뭐 시시콜콜 간섭하냐? 내가 누군데 토를 다냐?"

아브라의 말 속에서 나는 내가 걸치고 있던 갑옷을 보았다.

그리고 다 함께 깔깔거리고 웃었다. 해리가 더 하고 싶은 말이 없느냐고 나에게 물었다. 나는 아브라가 다 했다고 말했다.

식사를 마친 뒤, 두 분께 이제 아봐타를 떠나겠다고 말했다. 한국을 책임질 능력도 소양도 없으니 이젠 그만하겠다고 했다. 아마 이것도 '척'이었을 것이다.

해리가 '컴바인드combind하자'고 말했다. 서양과 동양의 장점을 조합해서 아봐타를 같이 성장시키자는 것이었다. 그런 권유에도 나는 감히 떠나겠다고 했다. 그러자 아브라가 거들고 나섰다. 6개월만 더 열심히 하면 최고의 트레이너가 될 테니 함께하자는 것이었다. 나는 내가 서양 일을 할 수 없는 이유를 이야기했다. 미국의 어머니는 아들이 살인을 하고 집에 오면 찾아온 경찰에게 저 애가 했다고 하지만, 한국의 어머니는 아들이 살인을 하고 들어오면 경찰에게 자신이 했다고 말한다. 둘 사이에는 어떻게 해볼 수 없는 성향의 차이가 있다. 나는 그냥 나대로 살련다….

그 후 LA와 워싱턴에서 3년 동안 〈명상의 시간〉이라는 라디오 프로그램을 진행했다. 특별한 경험이었고, 내 인생에서 안락한 휴식과도 같았다. 기질이 다르다는 말을 남기고 아봐타를 떠나 같은 미국 내에서 라디오 방송을 하고 있던 나는, 얼마 가지 않아 내가 떠났던 이유가 딱 한 가지였음을 알았다. 그것은 바로 나의 영어 실력이었다. 영어가 부족해서 더 못하겠다고 솔직하게 말할걸… 왜 진실을 말하지 못했을까? 아마도 해리는 알고 있었을 것이다. 그마저도 갑옷이었겠지. 그 갑옷과 손잡고 있던 것은 이중감정이었다. 나는 욕망과 저항 사이에서 갈등했던 것이다.

혹시 당신이 수행자라면, 마음공부를 하고 있다면, 특히 명상에 관심이 있다면, 아봐타 중에서 위저드 코스를 꼭 권하고 싶다. 위저드까지 잘 마무리하면 당신은 안도할 것이다. 이 생에서 꼭 한 번은 해볼 것을 권한다. 먼저 방부터 깨끗이 청소한 다음 그 안에 앉아 명상하라고 권하고 싶다.

위저드가 지켜야 할 조건에 대해 해리는 말한다.

1. 나는 부러움을 품지 않으며, 결코 노여움으로 행동하지 않는다.
2. 나는 욕망이 적어야 하며, 사소한 것에서 만족을 찾는다.
3. 나는 생활과 말이 가능한 한 평범하고 온건해야 한다.
4. 나는 잘 생각하고 나서 의도적으로 살고 행동한다.

5. 나는 내 스스로 동의한 바에 충실하며 의무를 다 한다.

6. 나는 우정을 지키며 모든 존재를 공평하게 대한다.

7. 나는 그릇된 행위와 악은 자연스럽게 고쳐진다는 이해심으로
   본다.

8. 나는 생명이 위태롭지 않은 한 남들이 승리를 차지하도록 한
   다.

기독교의 황금률은 말한다.

"대접받고 싶은 대로 대접하라."

불가의 큰 스승들은 말한다.

"나에게 상처가 되는 일을 남에게 하지 말라."

유교의 가르침은 말한다.

"내가 당하고 싶지 않은 일은 남에게도 하지 말라."

위저드 강의에서 해리는 말한다.

"우리는 자신이 창조한 모든 것을 경험하게 되어 있다. 그것
이 고통스러운 경험이 될지 행복한 경험이 될지는 그것에 연결
되어 있는 의도, 즉 그것을 창조하기 시작했을 때의 의도에 의
해 결정된다."

많은 스승들이 말씀하신 것도 근본적으로 다르지 않다. 우리

의 양심, 즉 직감적인 좋은 의도가 정합할 때 행복할 수 있다는 것이다. 위배사항이나 나쁜 의도는 고통을 만들어낸다. 으뜸은 위배사항을 정돈하고 정직해지는 것이다. 이것 말고 더 무엇을 말하랴. 이것 말고 더 무엇을 수행하겠는가?

마지막 인사

욕망과 저항이라는 이중감정을 안고 그분을 떠난 뒤 20여 년이 지난 어느 날, 나는 떠날 때처럼 홀연히 그분이 계시는 올랜도의 스타즈 에지 사를 찾아가 아봐타 마크가 새겨진 빌딩 앞에 서 있었다. 해리가 나를 발견하고 문을 열어주셨다.

안으로 들어가 함께 앉았다. 참 많은 세월이 흘렀다. 내가 늙었듯이 그분도 늙었다. 우리는 흐른 세월을 잊고 처음 만났을 때처럼 인사했다. 곁에는 마이큰도 함께 앉아 있었다.

그분을 만나는 데 하루를 보냈고, 바로 돌아오는 비행기가 없어서 호텔에서 하룻밤을 더 자고 다음 날 새벽 한국으로 돌아왔다. 겉으로는 아무 일도 안 한 것 같았지만 나는 아주 중요한 일을 하고 돌아왔다. 그분을 직접 만나 꼭 드리고 싶었던 말씀을 올리고 온 것이다.

"감사합니다."

당신을 만나

두꺼운 갑옷을 벗을 수 있었고

더 깨끗한 방에 앉아 있을 수 있게 되었습니다.

16

당신 뜻대로 하소서

데
이
비
드
호
킨
스

당신이 너무 그립습니다.

바닷속같이 맑고 푸른 당신의 눈빛과 인자함이,

무섭도록 단호한 당신의 사랑이 보고 싶습니다.

바다에 떠 있는 수많은 섬들 밑에는 하나의 땅덩이가 있듯이,

전 세계의 수많은 인간들 또한 모두 하나oneness임을 설파한 닥

터 호킨스Dr. Hawkins.

인간 의식의 진화에 관한 전문가이자 세계적인 명강사인 호

킨스 박사는 노벨화학상과 노벨평화상을 받은 라이너스 폴링과 1973년《음식을 통한 정신치료Orthomolecular Psychiatry》를 공동 집필했고, 이후 이 책은 수많은 정신과학 연구자들에게 자극을 주는 기념비적 저서가 되었다. 의식의 본질에 대한 그의 연구는 '인간의 의식 수준에 대한 질적, 양적 분석과 측정'이라는 논문을 토대로《의식 혁명》이라는 책으로 이어졌고, 그 이후 의식과 깨달음에 관한 여러 권의 책을 저술했다. 과학, 철학, 의학, 신경화학, 정신분석학 등에 정통한 호킨스 박사는 수많은 저서를 통해 과학과 종교, 물질과 영성, 에고와 영혼 사이에 '이해의 다리'를 놓아준다. 이분의 책을 읽는 것만으로도 우리의 의식은 크게 열리고 성장할 수 있다.

호킨스 박사의 업적 중에 가장 가치 있는 것은 운동역학이다. 운동역학으로 번역되는 'kinesiology'는 '운동'을 뜻하는 그리스어 'kinesis'에서 유래한 말로, 신체 조건에 따라 적용되는 근육과 그 움직임에 대한 학문이다. 호킨스 박사는 표면의식에서는 거의 알 수 없는 경우에도 인체의 근육이 어떤 것이 몸에 좋고 나쁜지를 '이미 알고 있음'을 암시했다. 우리가 묻고 싶은 어떠한 질문이든 '예/아니오'로 간단히 답을 얻을 수 있다면 어떨까? 그리고 그 답이 명백한 진실이라면? 어떠한 질문이든 예외

없이 정답을 얻을 수 있다면?

호킨스 박사는 20년에 걸친 자신의 연구 결과를 현대의 입자 물리학particle physics과 비선형 역학nonlinear dynamics이 이룩한 혁명적인 발견의 빛으로도 조명하고 있다. 박사는 서양의 지식 인으로서는 처음으로 냉철한 첨단과학의 빛에 비추어 보아도 옛 성인들이나 신비주의자들이 말하는 진아眞我, 신, 또는 실체 의 본질을 확신할 수 있음을 밝혔다.

존재의 본질 또는 신성에 대한 이러한 비전은 영혼과 이성을 깨우쳐주는 무한한 힘을 지닌 우주와 인간이 밀접한 관계가 있 음을 한 장의 그림, '의식 지도'로 선연하게 보여준다. 박사는 이 의식 지도를 통해 모든 이들에게 지적이고 영적인 추수가 가득 한 선물을 안겨주었다. 의식 지도는 영적인 정보를 이성과 지성 을 통해서도 이해할 수 있는 방식으로 상호 관련시켜 새로운 맥 락으로 통찰할 수 있는 최초의 시도였다.

호킨스 박사는 어린 시절 강력한 영적 체험을 한 뒤 사춘기 때 다시 같은 체험을 했으며, 중년기 때 완전히 터져 나왔다고 한다. 그 경험으로 세도나에서 은둔 생활을 시작했고, 의식의 본 질에 대한 놀라운 통찰이 담긴 저서들을 세상에 내놓았다. 그는 의식 자체였다.

이런 분과의 만남은 나에게 놀랍고 새로운 세계를 열어주었다. 책을 읽는 것만으로도 의식이 높아지고 성장한다는 말씀을 처음에는 제대로 알아듣지 못했다. 길이 곧고 좁으니 시간을 헛되이 쓰지 말라는 말씀도 여러 스승들로부터 들어왔음에도 불구하고 처음에는 생소하게 다가왔다. 모든 영광을 하느님께 돌리는 것으로 마무리하는 대목도 낯설기만 했다.

아무런 종교의 옷도 걸치지 않고 긴 세월 동안 의식의 본성에 대한, 인간의 의식 수준에 대한 질적·양적 분석과 측정을 통해 연구하신 영성가. 심리학자이자 정신과 의사로서 깨달음이라는 비밀에 대해, 지고의 상태에 이르는 수행 방법에 대해, 수행을 가로막는 장애 등에 대해 서술한 영적 지도자. 그와의 첫 만남, 그 첫사랑에 대한 이야기를 해보려 한다.

서양에는 성인이 없다?

어느 날 칭하이 무상사의 제자인 장경석 장군님과, 방한 행사 때 통역을 담당했던 분이 연구소를 찾아왔다. 《의식 혁명》의 저자이신 닥터 호킨스를 꼭 뵙고 싶다며 한국으로 초청하자고 한다. 두 분은 칭하이 무상사의 한국 초청 행사도, 아바타 창시자인 해리 팔머 부부의 초청 행사도 진행해보았고 티베트의 링 린포체도 모셔보았던 나를 적격자로 여긴 듯했다.

　장 장군님과의 오랜 인연은 나에게 큰 행운이었다. 대한민국의 장군으로서 젊은 날을 보내고 나이 들어서는 용인대 요가학과에서 후학 양성과 수행에 힘쓰시던 장군님은 내가 인도에서 유학을 마치고 돌아오던 해에 교수 자리를 나에게 물려주시고 퇴임하신 분이다. 나에게 교수직을 넘겨주시면서 이렇게 말씀하셨다.

　"네가 유학 마치고 올 때까지 이 자리를 붙잡고 있었던 거야."

　장 장군님은 호킨스 박사님이 분명히 성인이실 것이니 꼭 한국으로 초청하자고 간곡하게 말씀하셨다. 나의 대답은 '그렇다면 우리가 직접 가죠'였다.

　그렇게 해서 우리 셋은 미국 세도나로 향했다. 정기를 품은 아름다운 도시 한쪽에 자리 잡은 작은 시골 마을. 호킨스 박사의 거처는 소박한 농가였다.

　서양인이라고 느껴지지 않을 정도로 왜소한 체구의 사나이가 동양에서 날아온 우리를 반갑게 맞아주었다. 아주 작은 그의 방 안에서 마주 앉았을 때, 그 푸른 눈빛은 바닷속 같았고, 굵고 건강한 음성은 우리를 압도했다. 얼굴 가득 웃음을 띠고 있는 박사님 앞에서 우리는 한동안 아무 말도 하지 못한 채 그분을 바라보고만 있었다.

마침내 박사님이 물었다.

"왜 나를 찾아오셨소?"

우리는 한국에서 왔는데 박사님을 한국으로 초청하고 싶다고 말씀드렸다. 그러자 어이없다는 듯한 표정을 지으며, 부인이자 운동역학 연구의 파트너인 수잔에게 지구본을 갖고 오라고 하신다. 그러고는 지구본을 빙빙 돌리면서 한국이 도대체 어디 있느냐며 크게 웃으신다. 내가 대답했다.

"여기는 일본, 여기는 홍콩, 그 옆이 대만, 여기가 한국입니다. 붙어 있는 곳은 북한입니다."

박사님이 우리를 둘러보시면서 말했다.

"그동안 아시아 여러 나라에서 초청장이 왔었지만 나는 한 번도 응한 적이 없었소. 그런데 이렇게 직접 날아온 사람이 한국인이라니…."

그러고는 수잔을 건너다보며 의미심장하게 웃으신다. 우리는 더 깊은 존경심을 담아 다시 한번 방한을 부탁했다. 그 순간, 나는 묘한 에너지에 압도되는 것을 느꼈다. 이게 뭐지…?

(훗날 박사님께 이 에너지의 정체에 대해 여쭤보았다. 그리고 그 비밀을 들었다. 그것은 한국 땅과 얽힌 그분의 전생 이야기였다.)

박사님은 수잔에게 '당신 생각은 어떠냐'고 물으시고는 우리에게 내일 다시 오라고 하셨다. 조심스러운 마음으로 돌아온 우리는 잠시 머리를 맞대고 앉았지만 달리 방법이 떠오르지 않아 각자 방으로 들어가 명상을 했다. 모르긴 해도 이날 박사님 부부는 밤을 새우지 않았을까? 두 분의 정성이 그러해 보였다.

다음 날 다시 거처를 방문했을 때, 박사님은 자신이 먼 나라로 강의를 가지 않는 이유 중 하나가 담배라고 하셨다. 장거리 비행 동안 금연하기가 힘들다는 것이었다. 내가 얼른 말했다. 담배 피울 수 있는 비행기를 알아보겠다고⋯. 그런 비행기가 세상에 어디 있겠는가? 나는 무조건 찾아보겠다고 했다. 항상 웃으시는 분이지만, 내 말에 아주 크게 웃으시며 "정말이오?" 하고 물으실 때도 "물론입니다" 했다. 나는 진심으로 한 말이었지만, 박사님은 그것이 나의 무지라는 것을 아셨을 것이다.

나는 그분이 성인과 같은 존재라고 믿고 있었다. 중생들의 생각은 복잡하지만 부처는 단순하고 쉽다. 이분이 성인이거나 부처라면 분명히 내 거짓을 진실로 만들어주시리라⋯. 어디에 그런 비행기가 있냐고 물으시길래, '코리아나'라고 하면서 그 비행기가 아니라 어떤 비행기를 선택하셔도 담배를 피우실 수 있을 거라고 했더니 이젠 수잔도 같이 웃는다. 그때 나는 보았다. 아!

성인도 부인의 말을 듣는구나…. 그 틈을 알아채고 이제는 수장에게 말했다. 박사님을 모시고 한국에 오신다면 아주 좋은 경험을 하게 될 것이라고. 나의 단호한 어조에 수장이 긍정적인 반응을 보였다. 우리는 한참 동안 한국이 어떤 나라인지 설명하면서 어쨌든 한국에 가셔야 한다고 우겼다.

마침내 박사님이 "오케이, 갑시다!" 했을 때, 다음 순간 무슨 일이 벌어질지 우리는 전혀 상상하지 못했다. 우박이 떨어지고, 소나기가 쏟아지고, 덩달아 눈발이 흩날리고…. 태양은 그대로 있는데, 번개가 치고 바람이 불고 무지개가 떠오르고…. 가끔 성인들의 샷상(법회)에서 경험했던 야단법석이 벌어졌다. 하늘이 답해주셨으니 이분은 성인이고 부처님이다…. 적어도 나는 그렇게 믿었다.

그 시절 나는 서양에는 성인이 없다는 무지한 생각을 갖고 있었다. 그러다 아봐타의 창시자인 해리 팔머를 만나면서 갑옷이 벗겨져 나갔고, 호킨스 박사님을 만나면서 무지의 눈꺼풀이 벗겨졌다.

종교의 오류

박사님은 말씀하셨다.

영적인 것과 종교적인 것을 혼동하지 말라. 둘은 전혀 다른 길이다. 영적 진리는 시공간을 초월해 보편적으로 진실한 것이다. 종교는 애초에는 영성의 핵심을 갖추고 출발하지만 시간이 흐르면서 그 영성의 빛을 잃는다. 완전히 사라져 버리는 경우도 있다.

종교적인 전통들이 지닌 오류의 근원은 두 가지이다. 첫째는 스승의 본래 가르침에 대한 잘못된 이해와 그릇된 해석이다. 여러 세대에 걸쳐 번역되고 베껴지는 과정에서 오염은 더 심해진다. 둘째는 좀 더 일반적이면서 정도가 심한 왜곡으로, 이런 오류는 흔히 '교리'라고 부르는 원칙들에 의해 생겨난다.

신께 이르는 전통적인 길은 대개 위대한 요가로 서술되어 있다. 특히 라자 요가나 카르마 요가가 그것이다. 이런 명상 방법들은 신께 이르는 방식을 가르친다. 명상은 마음을 통한 길이 아닌 '마음 아닌no mind' 길이다. 명상은 영혼과 관련되어 있다.

마음을 금붕어가 들어 있는 어항에 비유한다면, 어항에 있는 물은 의식이고, 금붕어는 생각이나 개념들이고, 금붕어의 배설물들은 우리의 감정이다.

영적 작업에서는 이해 자체가 내적 변화를 일으킨다. 이해는 내적인 성숙과 영적 발전을 가져다준다. 영적 노력은 잘못된 관점을 버리는 것이 아니라 더 나은 관점을 선택하는 것이다.

영적 성장에 장애가 되는 또 다른 요소는 성급함, 조급증이다. 천천히 바르게 훈련하는 것이 영적 성장에 도움이 된다. 성급하게 마음과 싸우려 드는 것은 전혀 쓸모없는 일이다. 용기와 믿음을 가지고 우리 안에 있는 영적 힘과 에너지, 그리고 더 높은 에너지장들, 스승들과 그 가르침을 믿어야 한다.

컴퓨터로 치면 의식은 하드웨어이고, 사회적 프로그래밍은 소프트웨어이다. 소프트웨어의 내용이 어떻든 간에 하드웨어는 여전히 물들지 않은 채 본래의 순수한 모습을 간직하고 있다. 진리는 원래 단순하다. 우리들의 에고가 만들어낸 온갖 환상이 그것을 복잡한 것으로 보이도록 만들 뿐이다.

펩시콜라

마침내 호킨스 박사가 '절대 금연'인 대한항공을 타고 한국으로 날아오셨다. 수잔과 함께 환하게 웃으며 한국 땅을 밟으셨다. 마중 나가 있던 우리들은 한 편의 꿈 같고 드라마와도 같은 그 순간이 너무나 감격스러웠다.

호텔에서 잠시 쉬시도록 한 뒤 오후에 압구정동 연구소로 모셔 갔다. 초청을 받고 참석해 있던 50~60명이 큰 기대와 환희심으로 박수를 치며 환영했다. 강연이 끝나고 질의응답이 이어졌다. 의학을 공부한 사람, 철학을 공부한 사람, 심리학을 전공한 사람, 나름대로 '도'를 닦는다는 이들이 뒤섞여 있었다. 쏟아지는 질문들 속에서 영적인 것과 종교적인 것은 쉽게 혼동되었고, '도'와 수행, 영성 등이 흙탕물처럼 섞여 있었다.

질문이 이어지는 동안 다 함께 배꼽 빠지게 웃을 때도 있었고, 한편 서글프기도 했다. 혼돈스러운 질문들이 박사님을 의아하게 만들기도 했지만, 그분은 인내심 있는 설명을 통해 '이해의 다리'를 놓으려 애쓰셨다. 그러다 어느 순간, 잠깐 쉬자고 하시며 '펩시콜라'를 마시고 싶다 하신다. 말씀이 떨어지자마자 거의 모든 사람들이 밖으로 뛰어나갔다. 코카콜라는 흔했지만 펩시콜라는 드물 때였다. 아무리 압구정동이라 해도 펩시콜라는 구하기가 매우 힘들었다.

나간 사람들이 빨리 돌아오지 않자 박사님이 물으셨다.

"이 나라에는 펩시가 없나?"

코카콜라는 많지만 펩시콜라는 흔치 않다고 말씀드렸을 때, 어디서 구했는지 몇몇 사람들이 펩시를 손에 들고 들어왔다. 시간이 꽤 흐른 뒤였다.

박사님은 크게 감동하셨다.

"여기가 미국이었다면 사람들은 '여기는 펩시가 없습니다' 하고 말았을 거요. 그런데 저분들은 저렇게 뛰어나가서 구해 오는군요."

한국인의 정성에 감동하신 것이다. 이 일 때문이었는지, 훗날 박사님이 돌아가시는 날까지 한국과 한국인들을 향해 품은 애정은 엄청난 것이었다.

박사님은 펩시를 마시면서 강연을 이어나갔고, 모든 질문에 답변해주셨다.

강연이 끝나고 참석자들이 모두 빠져나간 뒤에 박사님이 말씀하셨다.

"질문은 허무맹랑하고 맥락이 없었지만 펩시를 사다 준 사람들의 열정은 정말 놀라웠소. 한국에 펩시가 귀하다는 것도 처음 알았고, 한국인들의 놀라운 정서적 특징도 처음 알았소. 하지만 영성과 마음은 다른 것이오."

스승들의 지혜에는 한계가 없다

호킨스 박사의 두 번째 한국 방문 하루 전, 샌프란시스코에서 비행기를 갈아타셔야 하는 날이었다. 갑자기 박사님에게서 전화가 왔다. 아직 샌프란시스코 공항 근처 호텔에 계신다는 것이었다. 아니, 왜 아직 비행기를 타시지 않은 걸까? 운동역학을 해보니 한국에 들어가지 말라고 해서 한국행 비행기를 타지 않고 돌아가는 비행기를 기다리고 있다는 대답이었다. 순간 정신이 번쩍 들어서 말했다. 나는 운동역학보다 하느님을 더 믿는다, 박사님을 하느님이라고 믿고 있다, 그러니 하루만 기도할 시간을 달라…. 말도 안 되는 영어로 통사정하기 시작했다. 하루만 기도한 뒤에 내일도 똑같이 여기신다면 돌아가셔도 좋지만 오늘은 그냥 그곳에 계셔야 합니다…! 링 린포체 한국 초청 때에도 똑같은 일이 있었다. 그때는 내가 건너가서 모시고 왔었지만, 이번에는 어른께 그곳에 계셔달라고 부탁했다.

결국 '그러겠소' 하는 대답을 들은 뒤에 물 한 잔을 들고 방으로 들어갔다. 그리고 명상했다. 왜? 무슨 일이 이렇게 갑자기? 운동역학? 아무 생각도 나지 않았다. 아무 생각도 하지 않았다. 그냥 앉아서 명상했다. 당신 뜻대로 하셔야겠지요….

다음 날 새벽 박사님에게서 전화가 왔다. 오전 비행기를 타신단다. 내 기도가 성공했다고 하면 오만일까? 뭐라 말해도 좋다. 박사님이 한국에 오시게 됐는데 그게 무슨 문제이랴. 아무튼 기적과도 같은 반전을 이루어낸 에너지의 움직임은 놀라운 것이었다.

첫 방문 때보다 더 많은 사람들이 모였다. 당연히 질문도 더 각양각색이었다. 박사님은 그래도 지난번보다 덜 당황하고 덜 의아해하시면서 진지하게 사람들을 이해시키기 위해 애쓰셨다. 박사님께 죄스러운 마음이 들기는 했지만, 차츰 이해하고 통찰해가는 분위기를 보면서 참으로 다행스럽다는 생각을 했다.

질의응답 시간이 끝나갈 무렵, 엉뚱하고 다양한 질문에 시달리던 박사님이 갑자기 조용히 하라고 하시더니 '저것을 보라!' 하면서 바깥을 가리키신다. 모든 참석자들이 박사님이 가리키는 쪽을 바라보았다. 그리고 '아…!' 똑같이 함성을 질렀고, 똑같이 침묵으로 빠져들었다. 아주 긴 시간 동안 모든 사람들이 침묵하고 있었다. 아무도 입을 열어 질문하지 않았다. 모든 이들이 그 에너지 안에 그대로 머물러 있었다. 선명한 무지개가 여전히 하늘에 머물러 있었기 때문이다. 밖에는 무지개, 안에는 평화….

위대한 스승들의 가르침에 담긴 영적 정보와 지혜에는 한계가 없다. 신, 존재, 진리, 깨달음, 절대자, 신성, 무어라 부르든 그것들 사이에는 아무런 차이가 없다. 영성은 모든 것을 통합시킨다. 스승들의 가르침이 저마다 달라 보이는 것은 저마다 다른 문화와 역사적 배경의 반영일 뿐이다.

우리들의 생각은 무엇인가 결핍될 때 일어난다. 그 생각의 목적은 무언가를 얻고자 하는 데 있다. 명상의 목적은 무언가를 얻는 것이 아니라 '하나됨'을 자각하는 것이다. 우리는 분명한 것을 보려고 애쓸 필요가 없다. 말하려고 애쓸 필요도 없다. 애쓰는 일을 멈추는 순간 우리는 모든 것을 볼 수 있다.

긴 침묵을 끝으로 사람들은 다 돌아갔고, 박사님도 한 번은 더 한국에 오시겠다는 약속과 함께 세도나로 돌아갔다.

박사님은 한국에 계시는 동안 고찰을 가보고 싶다고 하셨다. 박사님을 모시고 여러 사찰을 돌아다니는 동안 나는 그분의 오래된 전생에 관한 비밀스러운 이야기들을 들을 수 있었다. 펩시콜라에 대한 기억은 여전히 그분을 어린아이처럼 기쁘게 했다.

박사님은 진심을 다해 한국인들을 사랑하셨다. 한국인들을 위해 '한국의 밤'도 열어주셨다. 우리들은 해마다 박사님의 삿상을 듣기 위해 세도나로 갔다. 100명 넘는 사람들이 단 네 시간의 삿상을 듣기 위해 그 먼 거리를 기쁘고 행복한 마음으로 다녔다.

영성의 영역은 의식의 영역이기도 하다. 영적 성장은 의식의 여러 측면을 통해 이루어진다. 스승의 역할은, 유서 깊은 가르침들을 정확하고 확실하게 설명하고 통찰함으로써 헌신자들을 완전한 존재가 되도록 안내하는 것이다.

박사님의 설명은 명쾌하다. 마음에는 '생각하는 마음'과 '아는 마음'이 있다. '아는 마음'을 곧 '앎'이라 하고, 이 '앎'을 통해 수행해야 한다. 그분은 말씀하신다. 영적인 앎을 촉진하고 인류의 고통을 줄여주는 것이 자신의 일이라고.

저의 미숙함을 용서하소서

한 번은 더 오시겠다고 하신 이후 세 번째 방문 행사 준비가 한창일 때였다. 이번에는 행사 규모를 더 키워서 대학교 세 군데를 잡고 호텔 연회실을 예약해놓았다. 신문사를 통해 홍보도 해놓은 뒤여서 많은 이들의 관심이 쏠려 있었다. 특히 마지막 한국 방문이 될 것이라는 점에서 행사의 의미는 더 컸다.

방문을 일주일 앞둔 날이었다. 새벽에 연구소로 팩스 한 장이 들어왔다.

내가 미국을 떠나면 안 된다. 어떤 상황이라고 말할 수는 없지만 나는 미국에 있어야 하니 이번 한국 방문은 연기하거나 취소해야 한다….

휴… 또 뭐지? 이번에는 나 혼자 준비한 작은 행사가 아니었다. 이미 홍보를 마친 대학들과 예약해놓은 호텔, 신문기사… 이걸 다 어쩌라고…? 여러 생각들이 머릿속을 오갔다. 취소 공고를 내자는 준비팀에게 말했다. 성인의 일은 하늘이 하는 것이니 기다려보자고. 그리고 미국으로 팩스를 보내 무슨 사정인지 알려달라고 요청했다. 회신이 왔다. 박사님도 모르신단다. 다만 '미국을 떠나지 말라'는 메시지만 아신다고 한다. 도무지 이해가 되지 않았지만 "예"라고 대답할 수밖에 없었다.

머릿속이 캄캄했다. 행사가 무산될 거라는 걱정에 이어 화가 일었다. 화가 분노로 치달으려 하는 순간, 그동안 경험했던 성인들과 스승들에 대한 믿음이 나를 진정시켰다. 나는 그 자리에 멈추어 쉬었다. 그리고 하늘의 뜻이 무엇인지 기도하며 물었다. 도대체 왜 이러시나이까…?

하루가 지나고, 이틀이 지나고, 사흘째 되는 날. 겉으로는 태연한 척했지만 가슴은 타들어가고 있었다. 며칠밖에 남지 않은 행사를 앞두고, 그저 어쩔 수 없어 침묵하고 있는 나에게 행사 관계자들의 조바심과 불평과 염려가 끊임없이 날아들었다. 하루만 더 기다려보자…. 그리고 바로 그날, 미국발 뉴스가 전 세계를 강타했다. 9·11 사태가 터진 것이다!

나는 통곡했다. 박사님께 사죄하며 울었다. 저의 좁은 생각을 용서하소서… 저의 부주의와 거칢과 미숙함을 용서하소서…. 미국인들이 엄청난 비극에 놀라 울면서 온 나라가 흔들리고 있을 때, 나는 온몸과 마음과 영혼이 흔들리고 있었다. 나는 그저 내 안의 두려움을 감추려 하고 있었을 뿐, 그 두려움을 신께 기꺼이 내맡기지 못했다. 입으로는 늘 성인들을 사모하고 믿고 무조건 따른다고 말하면서도, 나에게는 영적 성공의 비밀인 믿음이 부족했다.

박사님께 여쭈었다.

"이런 사태를 미리 아셨습니까? 그래서 한국 방문을 취소하신 겁니까?"

박사님이 답하셨다.

"사태 자체를 안 것은 아니다. 다만 미국에 큰 변화가 있으니 미국을 지키고 있으라는 하늘의 메시지가 있었다."

놀라움과 충격 속에 행사는 자연스럽게 취소되었다. 아무런 발표도 하지 않았고 변명이나 이유도 달지 않았지만 누구 하나 토를 다는 이가 없었다. 처음 취소 의사를 보내오신 박사님의 팩스 내용을 사흘 동안이나 간직하고 결단하지 못한 것에 대해서도 불평하는 사람이 없었다.

우울증에 대해

수많은 영적 진실이 설명 부족으로 인해 오랜 세월 동안 오해받은 것을 관찰해온 박사님은 매달 세미나를 열어서 자세한 설명을 해주셨다. 그분의 설명은 마치 한 올의 실을 잡아당겨 스웨터 전체를 다 풀어내는 것과도 같았다.

'의식은 어떻게 몸과 마음의 고통을 이기는가' 하는 주제의 강연에서는 우울증에 대해 말씀해주셨다. 인류를 괴롭히는 우울과 낙담은 오래전 성서시대 때부터 널리 퍼져 있었다고 하시면서, '한국인들은 우울증에 대해 질문이 많은데, 왜 그럴까?' 하고 물으셨다. 이어서 설명을 풀어놓으셨는데, 아래에 그 내용을 요약해본다. 많은 사람들을 괴롭히는 우울증의 진짜 원인은 과연 무엇일까?

우울의 에너지장에 빠지면 세상을 죄와 고통이 가득하고 슬프고 가망 없는 곳으로 보게 된다. 스스로 무가치하고 죄 많은 존재라는 느낌과 수치심에 위축되고, 파괴적인 자기혐오와 함께 죽음 직전과 같은 낮은 의식 상태가 된다. 우울증은 내면을 향한 분노라고도 말할 수 있다.

우울증은 뇌의 생화학적 작용에도 원인이 있다. 뇌 안의 화학작용에 변화가 생긴 것이다. 이러한 뇌의 화학작용 변화는 결과이다. 뇌가 우울한 상태에 빠지면 신경전달물질이 침체되는데, 이러한 신체적 차원의 증상들은 항우울제 복용으로 개선할 수 있다. 오늘날 이용되는 항우울제는 매우 효과적이기 때문에 약리학적 치료도 안전하다. 그러나 우울 저변의 두려움을 직시하면 우울증이 완화되니, 용기를 내어 자신이 무엇을 상실했는지부터 살펴보아야 한다. 환경을 바꿔주는 것도 좋은 방법이다.

심리적인 요인 때문에 우울증을 앓는 사람들은 살아 있는 동안 되풀이해서 우울증으로 고통받는다. 몸과 마음과 영혼을 통합적인 시각으로 바라보면 의식에 대한 근본적인 이해가 생긴다. 이러한 이해는 심신을 황폐하게 만드는 우울증의 발병이나 재발을 막아준다.

우울증은 삶을 바라보는 태도와 관련이 있다. 문제는 행복의 원천을 외부에 두는 마음의 태도이다. 행복의 원천을 외부에서 찾으려고 하면 우울과 불안과 두려움에 빠진다. 임상학적으로 우울증을 촉발하는 요인은 성별에 따라 다르다. 전통적으로 남성들은 돈이나 지위, 권력과 같은 힘의 원천과 분리되었을 때 우울증에 빠진다. 여성들의 우울증은 주로 관계의 단절에서 온다. 남성이든 여성이든 형태와 표현이 다를 뿐, 근본 문제는 같다.

행복하고 싶은 것이다.

어떤 면으로든 커다란 시련에 부딪혔을 때 우리에게 필요한 성장이 일어난다. 가장 먼저 이해해야 할 것은 이런 시련이나 고통을 통해 이루어야 하는 목적이다. 이 시련이 나에게 주려는 교훈은 무엇인가를 생각해야 한다.

우리는 마음속의 생각들, 마음의 체계, 혹은 신념체계에 매우 큰 영향을 받는다. 모든 병을 이해하는 데 가장 필요한 것이 바로 이것이다. 우리는 이 생에 올 때 종합병원과도 같은 몸을 지고 왔다. 나를 찾아온 모든 병은 내 믿음체계의 결과이다. 대개 거기에는 무의식적 죄책감이 동반되어 있다. 그러니 몸에 병이 있다면 내 안에 무의식적인 죄책감이 있다고 짐작하라. 무의식적 죄책감이 없으면 많은 병은 생겨나지 않는다. 자기혐오를 동반한 파괴적인 것만이 부정적인 에너지장에서 작용할 수 있기 때문이다. 이것을 이해하고 통찰하는 것이 치유의 비밀이다. 처치treating, 치료 curing, 치유healing 사이에는 큰 차이가 있다….

박사님의 강의가 얼마나 감격스러웠는지… 수백 명의 제자들이 모두 숙연해졌다. 눈물을 흘리는 이도 있었고, 두 손 모아 합장하는 이도 있었고, 가슴을 쓸어내리며 감사를 표하는 이도 있었고, 그저 침묵 속에 앉아 있는 이도 있었다. 박사님은 '지금 이 교실 안의 에너지장이 540대의 무조건적 사랑이다' 하셨다.

박사님은 '바르게 이해하는 것'이 치유라고 말씀하셨다. 본질적으로 결정적인 역할을 하는 것은 에너지장의 회전 방향이다. 자기 치유는 간단하다. 부정적 에너지장에서 긍정적 에너지장으로 확실히 이동해야 한다. 스스로 하지 못하면 스승의 가르침을 따르면 된다.

어떤 병이든 치유의 유일한 기회는 부정적 에너지장에서 벗어나 긍정적 에너지장으로 이동하는 데 있다. 에너지장이 긍정적이고 고차원적일수록 치유력은 증가하고 기적적인 치유가 가능해진다. 가장 먼저 무의식적 죄책감을 내려놓아야 한다. 누구나 자신의 내면에 치유 인자가 있음을 자각해야 한다. 그것은 우리의 인간적인 약점들까지 치유해낸다.

박사님은 말씀하셨다.

신에게 다가가고 싶은가? 모든 생명한테 친절을 베풀라. 많은 이들이 아쉬람을 찾아가거나 가부좌를 틀고 있는 것을 영적 수행이라고 여긴다. 그렇지 않다. 여러분 삶 자체가 영적 수행의 장이다.

한국 독자들에게 한말씀 해달라는 신문기자에게는 이렇게 말씀하셨다.

마음의 평화는 세상을 바라보는 방식에서 비롯된다. 영적 진화는 자기중심성을 내맡기는 것과 관련이 있다. 에고와의 싸움이다. 예수님도 겟세마네 동산에서 기도했다. '내 뜻대로 마시고, 아버지 뜻대로 하소서.' 그렇게 신을 향해 내맡기는 것이 영적 진화를 위한 실천법이다.

마지막 만남

9·11 사태가 사람들의 기억에서 희미해질 무렵, 세 번째 한국 방문이 취소되고 10여 년이 흐른 뒤 박사님은 열반에 드셨다.

돌아가시기 몇 년 전, 우리는 연로하신 박사님의 삿상을 들으러 세도나로 갔었다. 멀리서 온 한국인들을 위해 박사님은 미리 자리를 마련해주시는 등 깊은 사랑으로 보살펴주셨다. 더 이상 대중 삿상을 하시지 못하게 되었을 때에도 나는 몇몇 지인들과 함께 박사님 댁을 찾아갔었다. 그럴 때마다 제자들의 부축을 받아 몸소 문앞까지 나오셔서 웃음으로 맞아주셨고, 다만 몇십 분만이라도 영적 수행에 대해 말씀해주셨다. 단 몇십 분이었던 그분의 가르침은 나에게 몇백 년의 기도보다 값진 것이었다. 수없는 윤회의 고리를 잘라주신 그분의 마지막 말씀은 지금도 잊을 수가 없다.

"이 육신이 사라진 뒤에도 나는 너를 만날 것이다."

어느 날 새벽, 수잔으로부터 전화를 받고 즉시 세도나행 비행기에 몸을 실었다. 피닉스 공항에 밤늦게 도착했다. 렌터카를 빌려 호텔에 도착했을 때는 이미 자정이 지나 있었다. 아무것도 할 수 없는 시간이었다. 그냥 멍하니 앉아 있다가 해가 뜨자마자 박사님이 모셔져 있다는 화장터로 향했다.

새벽 5시쯤 되었을까? 그 새벽에 해가 떠오르면서 하늘에서 하얗고 폭신한 눈이 펄펄 내려온다. 눈물과 눈발이 겹쳐서 앞을 가리는데, 수잔이 알려준 주소를 들고 텅 빈 세도나의 새벽길을 따라 숲속으로, 숲속으로 들어갔다. 화장터는 아주 깊은 곳에 있을 거라 생각하고 가다 가다 끝까지 가니 넓은 마당이 보였다. 말 목장이었다. 차 소리를 듣고 나온 여자가 왜 여기까지 왔느냐고 묻는다. 화장터를 찾고 있다며 주소를 보여주었다. 도로변에 있으니 왔던 길로 돌아가라고 한다. 도무지 이해가 되지 않았다. 화장터라면 아주 깊고 동떨어진 곳, 그리고 조금은 음침한

곳이라고만 생각했었다. 그런데 도로변 사거리에 있다니….

다시 큰길로 나왔다. 마음은 바쁘고 당황스러운데 새벽길에는 사람 하나 없고, 큰길가에 있다는 화장터는 보이질 않고…. 이 골목 저 골목을 헤매는 동안 족히 두 시간은 흘렀을 것이다. 도로공사 인부들과 출근길에 나선 행인들이 띄엄띄엄 보이기 시작했다. 그들에게 다가가 주소가 적힌 쪽지를 보여주며 방향을 물었다. 그들이 나의 하얀 소복 차림을 훑어보며 저쪽이라고 알려준다. 그들이 알려준 대로 다시 산속으로 들어갔다. 빙빙 돌다 보니 다시 그 큰 마당이 나왔다.

아까 그 미국인 여자가 다가와 내 소복 차림이 마음에 든다고 말했다. 나는 최대한 예의를 갖추어 말했다. 나는 한국에서 온 사람인데, 이 주소를 아직도 못 찾았다고. 여자가 남편을 불러내 그곳까지 안내해주라고 했다. 고맙다고 고개를 숙이니 그녀가 활짝 웃는다.

그리고 앞차를 따라 나왔다. 수없이 돌았던 그 사거리였다. 대로변에 화장터가 있다니…. 문화 차이를 뛰어넘지 못한 내 선입견의 두께에 스스로 좌절하고 만 셈이었다. 나의 숙소였던 호텔에서 불과 20분 떨어진 곳을 두 시간이 넘도록 빙빙 돌았던 것이다.

잘못된 수행이, 무지가 바로 이런 것일 것이다. 스승들이 영적 여행을 떠나는 여행자들이 길을 나서기 전에 알아두어야 할 기본 원칙들을 강조하신 까닭이 바로 이것일 것이다. 이날 나는 영적 세상이든 물질 세상이든 내 안의 선입견과 무지가 얼마나 무서운 것인지를 소름끼치도록 경험했다.

박사님을 처음 뵙던 날 그러했듯이, 하늘은 그분이 떠나시는 날에도 답하셨다. 맑은 하늘에 솜사탕 같은 눈이 펄펄 날리고 있었다. 내가 길을 헤매고 있던 두 시간 내내 하늘은 하얀 눈을 펑펑 쏟아내고 있었다. 애리조나 세도나의 그 이른 아침에⋯.

화장터는 말 그대로 대로변에 있었다. 그냥 보면 아주 예쁜 갤러리 같았다. 문을 열고 들어가니 수잔이 기다리고 있다. 내가 도착할 때까지 박사님의 유해를 화장하지 않고 기다려준 그녀가 고마웠다. 수잔 곁에는 두 여성 제자가 있었다. 그곳에는 그렇게 여자 넷만이 있었다. 수잔이 돌아가시기 전 박사님이 하신 말씀을 들려주었다. TV나 신문을 통해 부고를 하지 말 것이며, 평범하게 화장하고 나면 사리가 나올 것이라고. 그리고 세도나에 있는 제일 작은 교회에 묻어달라고⋯.

박사님의 모습은 살아계실 때와 똑같았다. 그분에게 다가가 이마에 입을 맞추었다. 그리고 박사님은 불길 속으로 들어가셨다. 화장이 진행되는 동안 우리 넷은 그냥 조용히 있었다. 화장하는 곳에 이런 평화와 행복이 있다니…. 세상은 내가 모르는 에너지장으로 가득하다.

그때까지 내가 지켜보았던 임종은 단 한 분, 나의 어머니였다. 아버지 품에 안겨서 임종하시던 어머니의 천사 같은 모습…. 그리고 지금은 부인과 제자들이 지켜보는 가운데 임종하시는 박사님…. 그분에게 '한국의 딸'이라 불렸던 나는 진정 행운아였다.

살아계실 때 좀 더 열심히 정진할걸… 게으름에 대한 자책이 나를 옥죄어온다. 그분은 이 생에서 사명을 다하고 홀가분하게 고향으로 가셨는데, 나는 어쩌지…? 나의 마음을 보는 데에서 시작해 인과율을 넘어 앞으로 나아가 마침내 신의 본성까지 이르는 깨달음의 여정을 알려주기 위해 그토록 애쓰셨는데, 나는 왜 아직도 이러고 있는 걸까?

추모식은 피닉스의 최초 사원이었던 교회에서 거행했다. 사리가 무엇인지 전혀 알지 못했던 수잔은 용케도 사리를 찾아서 재와 함께 작은 은그릇에 담아 나에게 주었다. 나는 사리를 품에 안고 한국으로 돌아왔다.

박사님 생전에 우리는 그분의 가르침을 듣기 위해 해마다 멀고 먼 곳 세도나까지 찾아갔었다. 미국의 여행사 관계자들은 단 네다섯 시간의 강연을 듣기 위해 한국에서 세도나까지 비행기를 갈아타고 와 큰 버스 두 대를 동원해 움직이는 우리들이 너무나 신기하다고 했다. 박사님이 우리 곁을 떠나가신 지금까지도 이분들과의 관계는 이어지고 있다. 그들은 우리에게서 선한 에너지를 얻는다고 말한다. 육체에 음식이 필요하듯이, 우리 내면에는 영적 양식이 필요하다. 그들은 1년에 한 번 만나는 우리가 그들의 1년 양식이라고 말한다. 그들은 우리를 안전하게 안내하고, 우리들은 그들에게 박사님의 에너지를 전한다. 그들도 어느 생인가 이 정거장을 지나가겠지….

박사님이 돌아가신 지 3년이 되던 해에 세도나로 가서 한국의 옛 방식으로 제사를 지냈다. 박사님은 작은 교회 안 아주 작은 액자 안에 계셨다. 그분의 뜻과는 상관없이 꼭 그렇게 해드리고 싶었다. 박사님을 기억하는 많은 이들이 참석했고, 미국인 제자들도 소식을 듣고 찾아와 한국식 제사 예식을 신기한 눈으로 바라보며 박사님을 기렸다. 박사님 사후 삿상을 이어가고 있는 수잔은 그분의 빈자리가 아직 익숙치 않은지 많이 슬퍼 보였다.

생전에 박사님은 죽음에 대해 말씀하셨다.

죽음은 몸에 작별인사를 하는 것이다. 영혼이 몸과 분리되는 것을 죽음이라 한다. 죽음과 관련해 사람들이 두려워하는 것은 두 가지이다. 하나는 죽음이라는 신체적 경험 자체이고, 다른 하나는 죽음과 함께 맞이할 것이라고 상상하는, 자각능력·의식·존재의 상실이다.

죽음의 경험은 의식의 단계에 따라 달라진다. 먼저 슬픔의 단계에서는 후회와 상실감, 낙담의 과정이 일어난다. 두려움의 단계에서는 걱정과 불안이 찾아온다. 두려움은 미래와 관련되어 있으며, 위축의 과정이다. 분노의 단계에서는 죽음의 경험 전체에 대해 분노를 느끼고 불만을 갖는다. 의심은 커지고 자신감이 왜소해진다.

용기의 단계를 넘어 자발성과 수용의 단계에서는 의식 속에서 변화가 일어나기 시작한다. 감사와 연관된 사랑의 에너지장으로 올라가면 고요한 변화가 일어나면서 내면의 평화의 단계로 들어간다. 지복을 경험하게 되고, 형언할 수 없는 빛 속으로, 말할 수 없는 아름다움 속으로 들어간다. 더욱더 깨우친 상태에서는 신과의 합일을 경험하게 된다.

그런 곳으로 박사님은 홀연히 가셨다. 가신다고 하고 가셨는데도 왜 이리 텅 빈 것일까? 왜 아직도 믿어지지가 않는 것일까? 몸의 경험을 넘어서면 설명하기 힘든 경험들이 많다고 하셨다. 형언할 수 없는 아름다운 빛과 소리가 있는 그 평화의 경험을 위해 너희도 준비하라고 하셨는데, 왜 지금 나는 고아가 된 것 같은 기분일까?

다시 세도나로 가볼 생각이다. 지금 그분은 다른 곳에 계시지만, 그분이 살던 집, 그분의 응접실, 그분의 침실에 다시 가보고 싶다.

이 세상에 초대되어 온 한 영혼이 그저 할 말이 없어 타고르의 〈신께 바치는 노래〉를 부릅니다.

님의 황금마차가 황홀한 꿈처럼 멀리 그 눈부신 모습을 드러냈을 때, 나는 남의 집 문전마다 찾아가 구걸하며 마을길을 걸었습니다. 그리고 과연 왕 중의 왕은 누구실까 몹시도 궁금했습니다.

내 희망은 높이 솟구쳐
나의 저주스럽던 날들은 끝난 듯 생각되어

구걸하지 않아도 베풀어주시리라 믿고

흙먼지 속에서 사방으로 뿌려질 재물을 기다리며 서 있었습니다.

마차는 내가 서 있는 곳에 와 멈추었습니다.

님은 나를 바라보고 웃으며 내려오셨습니다.

마침내 내 생의 행운이 찾아온 듯했습니다.

그때 님은 갑자기 오른손을 내미시며 말씀하셨습니다.

"너는 내게 무엇을 주려 하는가?"

아아, 거지 아이에게 손 내밀어 구걸하실 줄이야!

너무나 심한 장난이 아니셨는지!

나는 당황하고 어찌할 바를 몰라 서 있다가

찌든 주머니 속에서 천천히

얼마 안 되는 밀 한 줌을 꺼내어 님께 드렸습니다.

날 저물어 주머니 속의 것을 모두 바닥에 쏟아놓고

초라한 물건들 가운데서

아주 작은 금 한 알을 발견했을 때

나의 놀라움은 얼마나 컸는지 모릅니다.

나는 소리 내어 엉엉 울었습니다.

내가 가진 모든 것을 님께 드렸어야 했는데

그러지 못하였기 때문이었습니다.

17

홀로 가지 말고 안내자와 함께 가라

라
다
소
아
미

인도 베아스에 있는 라다소아미 본부는 적막감에 둘러싸여 있었다. 한국에서 왔다고 하니 호스텔 식스에 있는 방 하나를 내어준다. 호스텔 식스는 외국인 제자들이 머무는 곳이었다. 하룻밤을 보내고 해가 떠오른 다음 날 아침에도 모두가 잠들어 있는 한밤중처럼 숨소리 하나 들리지 않았다. 사람 그림자 하나 보이지 않고 고요한 적막감만 흘렀다. 다시 오기로 하고 베아스를 나왔다.

한 달 뒤에 다시 라다소아미 베아스를 찾아갔다. 여전히 그 느낌 그대로였다. 또 하룻밤을 잤다. 지친 나그네가 여인숙에서 하룻밤 몸을 녹이듯 그렇게 쉬었다. 드넓은 바다 한가운데서 방향을 잃고 파도에 밀려다니던 작은 배가 비바람을 피해 우연히 어느 항구에 정박한 것 같은 안도감이 느껴졌다.

세 번째로 베아스를 찾아갔다. 뵙고 싶었던 스승님은 그림자도 뵙지 못하고 자꾸 하룻밤만 재워준다. 나는 왜 스승님도 뵙지 못하는 이곳을 자꾸 찾아오는 걸까? 이들은 왜 스승님을 친견시켜주지 않는 걸까? 이곳은 왜 이렇게 죽은 듯 조용한가? 왜 다들 묵언수행자들처럼 입을 꾹 다물고 다니는 걸까? 그 넓은 공간을 두리번거리며 걸어 다니는 동안 내 집에 온 것 같은 안도감이 느껴졌다. 이 평화로운 행복감은 어디서 오는 걸까…?

입을 열어 말을 하는 사람은 오피스에서 일하는 분뿐이었다. 세 번째로 찾아간 나에게 그분이 말했다. 스승님께서 묵언 중이시라 정확히 언제 뵐 수 있다는 말을 할 수 없어 미안하다고.

아, 그랬구나! 5대 스승이신 마하라지 차란 싱께서 돌아가신 지 몇 달 되지 않았던 것이다. 그래서 6대 스승이신 지금 스승님께서 침묵 명상 중인 것이었다. 내가 이럴 때 왔구나… 이야말로 큰 행운이 아닌가? 그 공간을 채우고 있는 것이 '사랑'이란 것을 알았다. 그곳은 온통 사랑이었다.

세상에 우연이 어디 있겠는가. 잘 살펴보면 모든 것이 인연이고 카르마이다. 1981년에 인도로 처음 건너가 달라이 라마를 친견한 뒤 지도교수님께 인도의 성인이 누구냐고 물었을 때 그분이 말씀하셨다.

"호랑이가 나오는 정글 속인데, 아그라에 있다."

우연일까? 나는 다람살라를 다녀온 후 아그라로 갔다. 드넓은 평야 한쪽에 아쉬람이 있었다. 다 쓰러져 가는 판잣집으로 들어가니 벽에 사진 하나가 걸려 있었다. 소아미 지Soami Ji의 사진이었다.

그곳에서 이틀을 머물다 왔다. 호랑이는 못 만났지만, 정말로 정글 속이었다. 내가 찾아갔던 그곳이 바로 라다소아미의 발원지였다. 긴 세월이 흐른 뒤에 만나게 된 스승님은 라다소아미의 6대 계승자였고, 나는 바로 이분께 입문을 하게 되었다.

'라다Radha'는 '영혼'이고 '소아미Soami'는 '주'이다. 문자적으로 '라다소아미'는 절대 지고의 존재를 뜻한다. 라다소아미는 정치 기구나 상업기관과 관련이 없는 순수 비영리 단체로, 모든 종교의 영적인 가르침에 기반을 두고 영적 스승의 안내에 따라 내적 발전을 위해 헌신하는 영성 단체이다. 인간 삶에는 영적인 목적이 있는데 그것은 바로 모든 사람에게 내재한 신성을 경험하는 것이라는 믿음이 라다소아미의 핵심이다. 그 경험을 통해 우리는 신은 오직 한 분이며 우리 모두는 그분의 사랑의 표현이라는 진리를 깨닫게 된다고 가르친다.

1891년에 설립되어 차츰 여러 나라로 퍼져나간 라다소아미는 처음부터 조직으로 출발한 것은 아니었다. 명상하기 좋은 곳을 찾던 창시자는 가시덤불과 협곡뿐인 베아스 강의 거친 둑 위 버려진 땅에 자리를 잡았다. 꿀이 있는 곳에 벌이 모이듯이 구도자들과 헌신자들이 찾아오기 시작했고, 그 뒤로 자연스럽게 라다소아미의 근거지가 되었다. 라다소아미는 그렇게 자연스럽게 발전해왔고, 지금도 자연스럽게 발전하고 있다. 아무런 계획 없이 한 성인을 중심으로 생겨나 성장해온 곳이 라마소아미이다.

가장 큰 선물

또다시 라다소아미 본부인 베아스를 방문한 어느 날, 마침내 스승님을 뵈었다. 아무 말도 한 기억이 없다. 1996년 6월, 스승님께 입문했다. 나는 첫 한국인 제자로 입문하는 영광을 얻었고, 명상에 대한 기술이라는 열쇠를 받았다. 그리고 명상 구도자가 되었다. 이것이 전부이다.

인간이 한 생에서 받는 가장 큰 선물 두 가지가 있다. 하나는 육신이다. 인간의 몸은 수백만 종의 진화를 거친 뒤에 받은 귀한 선물이다. 또 하나는 스승이다. 윤회의 고리에서 벗어나는 방법을 알려주는 스승을 만나는 것은 이 생의 최고의 선물이다. 나는 그 선물을 받은 것이다.

베아스에서 책을 한 권 받았다. 《영혼의 과학 The Science of the Soul》이었다. 밤새도록 읽었다. 어느 성인이 이런 말씀을 안 하셨겠는가? 어느 경전에 이런 말씀이 없었겠는가? 그러나 그날 밤 읽은 글들은 나의 온 생을 정리해주었다. 그 안에서 그분의 음성을 들었다.

'소아미 지'의 말씀이다.

이 귀중한 몸을 그대는
수백만 낮은 생으로 방황한 뒤에 얻었다.
이제는 부질없는 추구로 그것을 잃지 말라.
명심하라. 그대의 주의를 헌신에 쏟으라.
가엾은 그대의 영혼을 불쌍히 여겨

윤회의 바퀴에서 구하라.

이 쾌락과 안락들은 나흘 동안뿐

그 뒤엔 오랜 슬픔이 그대를 기다린다.

조심하라. 지옥불로부터 그대 자신을 구할지니.

그대의 영혼을 그 땔감으로 만들지 말라.

그분의 음성을 듣고 또 들으며 밤이 새도록 울고 또 울었다.

신은 우리의 몸 안에 계십니다. 참된 스승을 찾아 그에게서 '안'
으로 들어가는 방법을 배우십시오.

그동안 수도 없이 들어온 말이었다. 살아오는 동안 여러 스
승들을 친견했고, 그분들로 인해 내 영혼과 영적 수행은 발전
했으며, 그분들의 축복과 은혜로 긴 세월 동안 수행해올 수 있
었다. 그러나 '안'으로 들어가는 직접적인 기술이나 방법을 붙
잡지는 못했었다. 그 마지막 열쇠를 마침내 라다소아미에서 찾
은 것이다.

내 귀로 그 소리를, 그 음률을 들었을 때, 그 은혜와 축복은 말
로 표현할 수가 없다. 이 세상이라는 잔치에 초대되어 온 것에

대해 감사했다. 나는 또다시 영적이고 직관적인 언어로 진실과 만나게 해주시는 분을 만났다. 제발 이분이 나의 마지막 스승이기를…. 굳이 사고할 필요도, 계산하거나 분석할 필요도 없다. 그냥 내 걸음을 조금만 재촉하여 그 세계를 향해 조용히 걸어가기만 하면 된다. 그분은 나의 모든 거짓으로부터, 나의 모든 사악함으로부터 벗어나게 해주실 것이다.

수많은 성인들이 말씀하셨다. '신은 우리 내면에 계신다'고. 수많은 고대 경전들이 '안'으로 들어가는 비밀에 대해 기록하고 있다. 오랜 세월 동안 듣기도 하고 읽기도 하고 보기도 했음에도 나는 모르고 있었다. '어떻게'에 대한 답을 찾을 수 없었다.

이제 이 비밀에 대해 알고 있고 그 비밀에 대해 알려주는 분을 만나게 되었다. 소소하게 알았던 것들이 소멸하고, 안다고 여겼던 소소한 것들이 사라졌다. 내면의 영적 여행을 단순하고 쉽게 시작할 수 있는 기회가 온 것이다. 이 여행을 함께 해주실 완전한 성인, 스승을 만났기 때문이다. '수없이 지나온 길이라도 혼자서 가지 말고 안내자와 함께 가라' 하실 때의 그 안내자를 만났기 때문이다.

스승님이 들려주신 이야기이다.

옛날에 한 장님이 살았다. 어느 날 이 장님이 작은 죄를 저질렀고, 왕은 이 불쌍한 사내를 미로처럼 생긴 감옥에 넣었다. 감옥에는 수많은 가짜 문이 달려 있었고, 단 하나뿐인 진짜 문을 통해서만 바깥세상으로 나갈 수 있었다. 누구든 진짜 문을 찾는 사람은 즉시 자유를 되찾을 수 있었다.

장님은 오랜 시간 동안 감옥 벽 사방을 조심조심 더듬으며 진짜 문을 찾아다녔다. 그런데 진짜 문에 도착할 때마다 가려워진 머리를 긁는 바람에 자신을 자유로 인도할 문을 자꾸만 놓치고 말았다.

우리가 이와 비슷한 상황에 놓여 있다고 스승님은 말한다. 마침내 인간으로 태어났는데, 마음을 기쁘게 하는 데 삶을 소모해 버리면 결코 생사의 윤회에서 벗어날 수 없다고…. 마음과 감각에 주의가 분산되어, 구원을 위한 단 한 번의 기회를 계속 놓치고 있다고….

수행이 사람을 완전하게 만든다.
그대의 창조자처럼 그대도 완전해져라.

마음과 그 속임수를 조심하라.

내가 원하는 것과 그분이 나에게 주시는 것이 다르다.

나는 '이것'을 바라는데, 그분은 '저것'을 주신다.

나는 늘 내 욕망대로 원하는데,

그분은 늘 그 욕망을 깨뜨리는 데 필요한 도구를 주신다.

내가 원하는 것과 그분이 주시는 것은 지금까지도 다르다.

그러나 분명한 것은 그분은 나에게 '필요한 것'을 주신다.

때로는 나를 거절함으로써, 때로는 나를 시험함으로써, 때로는 아프도록 채찍질함으로써 나를 지켜주시는 스승님께 감사드린다. 그분 앞에 부끄럽지 않은 모습으로 서 있고 싶다. 모든 소음에서 벗어난 침묵의 안거 가운데 명상이라는 예배를 올리고 싶다.

부처님이 아미타국의 아름다움에 대해 제자 아난다에게 설명하셨다.

아난다여! 아미타국에는 여러 줄기의 강물이 흐르는데, 모든 강은 아름답고 여러 가지 보석들을 나르면서 아름다운 소리를 낸다. 그 소리는 깊고 깊어서 이해할 수도 없고, 맑고 맑아 귀를 즐겁게 하며, 마음에 닿으면 환희심으로 달콤하고, 마음을 필요하지 않게 하여, 아무것에도 저항하거나 거절하지 않아 늘 듣기가 환희롭다.

스승님께서도 아래와 같은 말씀으로 나의 영적 공간을 채워주셨다.

인간에게 가장 중요한 것은 나고 죽는 삶이다.
생사고에서 빠져나오는 길을 찾으라.
만일 그대의 본성이 장님이라면 어떻게 출입구를 찾겠는가?
방에 들어가 그대 자신을 보라.

개미 소리가 들릴 만큼

성인들은 우리에게 실제 생활에서 영성을 익혀나가는 방법을 알려주신다. 이 몸이라는 실험실에서 영적으로 진화하고 종교와 철학 너머의 원래 그곳으로 돌아가는 길을 가르치신다. 이 생명의 흐름을 뭐라 불러도 좋다. '신', '로고스', '도'…. 나는 그것을 '신께 돌아가는 길'이라 부른다.

수없는 환생을 거쳐 이곳까지 온 내 영혼이 나의 노력만으로 윤회의 수레바퀴에서 벗어난다는 것은 불가능하다. 스승들의 도움이 필요하다. 그동안 여러 스승들을 뵈면서 내 영혼은 울기도 하고 통곡하며 몸부림쳤다. 이제는 도착한 것 같다. 이제야 비로소 영적 수행의 핵심 기술을 배우기 시작했다. 명상 수행을 통해 샌트맷sant mat 생활 방식대로 온전히 살아가는 것이다. 이 것이 내가 갖추어야 할 마음가짐이고, 이 세상을 살아가는 방식이다. 내가 흠모하는 〈마가복음〉의 말씀대로, '무엇이든지 기도하고 구하는 것은 받은 줄로 믿으라. 그리하면 너희에게 그대로 되리라' 이리 믿고 사는 것이다.

해마다 스승님을 뵐 때마다 나의 영적 수행은 서서히 진보하고 있다. 그분의 가르침이 나의 양식이다.

좋은 사람이 되라.
기어가는 개미 소리가 들릴 만큼 조용히 있으라.
마음속에 설계되어 있는 악한 계획에서 벗어나라.
명상에 방해되는 것은 주저 없이 버리라.

영적 진보의 속도가 너무 느리다. 게으른 것 같다. 이 생은 지

나가는 정거장이다. 이 정거장을 지나 어느 때 종착역을 알리는
음성이 들리면 홀가분히 빈손으로 내리리라.

18

가슴의 문을 열다

하
트
풀
니
스

2022년 9월 말경, 25년 넘는 세월 동안 구도자로서 함께 해온 벗으로부터 전화가 왔다. 부인과 함께 한국에 온다는 것이었다. 그는 나에게 초대장을 선물하고 갔다. 바로 《더 하트풀니스 웨이The Heartfulness Way》라는 책이다. 이 책에서 현재 하트풀니스 본부의 스승인 다지Daaji는 말한다.

《The Heartfulness Way》는 전 세계에서 하트풀니스를 실천하는 다른 사람들의 삶을 변화시킨 간단한 실천을 경험하기 위한 초대장이다. 물론 어떤 책도 우리를 변화시킬 수는 없다. 책은 우리에게 지혜를 줄 수 있지만 우리를 현명하게 만들 수는 없다. 책은 우리에게 지식을 줄 수는 있지만 우리에게 그 지식의 진실을 경험하게 할 수는 없다. 많은 사람들이 스스로 그 진실을 발견하는 데 도움을 준 경험적인 방법이 하트풀니스이다. 여러 곳에서 영성을 추구할 수는 있지만 영적 원천은 결코 외부에서 찾을 수 없다. 그것은 결코 잡을 수 없고, 느낄 수 있을 뿐이다. 느끼는 것은 마음으로 하는 것이다. 왜냐하면 가슴은 감정의 기관이기 때문이다. 하트풀니스를 실천하는 것은 형식 이상의 본질을 찾는 것이다. 의례와 의식 뒤에 숨은 실제를 찾는 것이다. 가슴속 핵심에 자신을 집중시키고 그곳에서 진정한 의미와 만족을 찾는 것이다. 경험은 지식보다 더 중요하다.

이어서 다지는 구도자들에게 자신의 가슴을 실험실로 만들어 하트풀니스 실천을 실험하라고 말한다.

어떤 실험이든 실험자가 있고, 실험의 대상이 있고, 결과가 있다. 영적 실험에서는 세 가지 역할이 모두 우리의 것이다. 우리는 실험자이고, 실험의 대상이며, 그 결과이다. 이 실험에서 최종적인 것은 없으며, 단지 지속적인 발견의 과정만이 있을 뿐이다. 이것이 하트풀니스의 기쁨이자 경이로움이다.

하트풀니스 전통의 첫 번째 인도자인 라라지Lalaji는 소리에 대해 많은 것을 글로 남겼다. 그는 '소리는 의식의 현시manifestation이다. 생명 중의 생명이며, 영혼 중의 영혼, 그리고 존재 중의 존재이다. 소리는 온 세상의 바탕이다. 소리는 모든 창조의 절대적 기초이며, 영원한 토대이다. (…) 모든 곳에서 소리의 움직임에 따른 진동적 흐름이 신성한 빛의 형태로 드러난다. 움직임이 있는 어디든, 그곳에는 소리의 흐름이 있다'라고 말했다. 하트풀니스에서는 '소리'를 '트랜스미션transmission'이라고 한다. 라라지가 말하는 소리는 외부의 소리나 음악 같은 소리가 아닌 가장 오묘한 진동이기 때문이다. 이것을 다른 의미로 온통 사랑이라고 한다.

라라지의 영적 후계자인 바부지Babuji는 하트풀니스 수행을 현재의 형태로 완성하여 전 세계의 구도자들을 안내했다. 그 후계자이자 세 번째 인도자인 차리지Chariji가 2014년 12월 20일 세상을 떠났을 때, 다지는 하트풀니스의 네 번째 계승자가 되었다. 이분이 지금의 스승이다.

다지의 본래 이름은 캄레쉬Kamlesh로, 1956년 인도 북서부 구자라트 주에서 태어났다. 1976년 약학대학에 다니면서부터 하트풀니스 수행을 시작한 그는 졸업 후 미국으로 건너가 약사로 일하면서 명상 실천을 계속했다. 2011년 차리지로부터 영적 후계자로 지명받은 뒤 하트풀니스 연구소의 활동을 지도하고 세계 각지에서 온 구도자들을 지속으로 지원하는 등 영적 임무에 헌신하고 있다. 그는 모든 공식적인 칭호를 사양하지만 많은 사람들은 그를 그의 고향 언어인 구자라트어로 '다지'라 부른다.

하트풀니스는 세 부분으로 구성되어 있다. 파트 1은 영적 탐구의 본질을 검토하고 명상과 요가 에너지 전달의 수수께끼를 푼다. 파트 2는 명상, 정화행법, 기도라는 핵심 실천법을 소개하고 기초지식과 실제 교육을 안내한다. 파트 3은 내적 여행을 지탱하는 스승의 중요한 역할에 대한 논의이다.

이상이 벗이 전해준 간단한 정보였다. 그는 하트풀니스 명상 행법을 집중적으로 실천함으로써 특별한 경험을 했다면서 명상의 충만함에 대해 이야기했다. 긴 세월 명상을 수행하면서도 남아 있던 갈등을 해소시킨 특별한 경험이었다고 했다. 생각 없는 세계, 영혼의 세계, 그리고 내면의 깊은 평온한 상태를 경험한다고 했다. 뭐라 표현하기는 어려웠지만 분명히 그들은 예전보다 더 행복하고 평화로워 보였다. 그들은 계율을 충실히 지켜나가지 못한 죄의식에서도 벗어났으며 더 밝고 기쁘게 다시 명상을 시작하고 있었다. 그토록 긴 세월 훈련하고 수행해온 보상이리라. 아쉬람에 머무는 동안 부부는 나와 함께 하루에 두 번, 이틀 동안 '시팅sitting 명상'을 하고 돌아갔다.

나는 그가 알려준 하트풀니스 명상을 한 단계씩 훈련 수행했다. 집중과 명상은 다르다. 집중은 행위이고, 명상은 무행위이다. 집중하느라 참 많은 세월을 보냈다. 구도자라는 이름으로 40여 년을 살아오다 보니 어느새 육신의 나이가 70을 넘겼다. 늙어간다는 것… 늙었다는 것에 고마움을 느낀다. 나는 지금 이 나이가 참 좋다.

내가 만약 하트풀니스 명상부터 수행했다면 영성의 세계나 신비주의에 대해 잘 알지 못했을 것이다. 긴 세월 동안 나의 영혼에 자양분을 선사한 라다소아미의 뿌리 위에 이제 하트풀니스의 꽃을 피운다. 라다소아미의 열쇠로 이제야 비로소 문을 열고 안으로 들어선다. 이곳이 내가 내려야 하는 종착역이길 기원한다. 무엇이 또 남아 있으랴?

구름이 걷힐 때 태양이 빛나듯, 나는 지금 구도자라는 감옥에서 나왔다. 나 스스로 만든 감옥에서 이제는 나 스스로 걸어 나왔다. 진리가 있어도 진리에 이르는 길을 모르는 이들에게, 진리가 있어도 진리의 노예가 되어 있는 이들에게, 깊이 영적 수행을 하는 이들에게 부족함 없는 구도의 길과 신께 가는 길을 보여주리라.

나는 다지 스승께 글을 보내 여쭈었다.

제 이야기를 아버지처럼 들어주셨으면 좋겠습니다. 제가 일곱 살 때 예쁜 여성이 제 삶에 찾아와 새어머니가 되셨습니다. 저는 아버지께 "왜 엄마가 바뀌었어?" 하고 물었습니다. 아버지는 아무 말씀 없이 저를 가만히 안아주셨습니다. 그때 나는 그냥 아버지 편이 되기로 마음먹었습니다. 그 후 아버지께 아무것도 묻지 않았고, 알려고도 하지 않았고, 그냥 아버지 편이었습니다.

한국에도 꽤 많은 인도의 스승들과 서양의 스승들이 다녀가셨습니다. 그분들이 당연한 것처럼 저에게 한국의 책임자가 될 것을 제안하거나 타진하셨을 때, 저는 늘 그분들께 말했습니다. 저에게는 라다소아미 스승님이 계신다고. 그리고 정중히 거절했습니다. 그러했음에도 불구하고 그분들은 지금까지도 저에게 무한

한 배려와 사랑을 베푸십니다.

이제 다지 스승님의 조언을 구합니다. 저는 지금까지 많은 사람들을 라다소아미의 영적 길로 안내했습니다. 그런데 만약 그들이 저에게 왜 다른 길을 가려는지 묻는다면 뭐라고 답을 해야 합니까? 그리고 지금 제가 느끼고 있는 죄책감을 어떻게 극복해야 할까요?

다지께서 답신을 보내주셨다.

먼저 그대의 가슴을 따르고, 하트풀니스 명상에서 경험한 것이 무엇인지, 다른 명상에 비해 이 길이 어떻게 도움이 되는지를 이야기해주십시오. 라다소아미를 통해 신비주의와 영성을 깊이 배웠고, 이제는 훨씬 더 쉽게 더 높은 곳으로 가기 위해 하트풀니스 '사하지 마르그Sahaj Marg'로 옮긴다고 말해도 됩니다. 그리고 결과가 어떠한지 스스로 경험하고 난 뒤에 이야기하십시오.

4개월 후 나는 초대장을 들고 하트풀니스 명상센터 본부가 있는 인도 하이데라바드로 가서 다지를 친견했다. 그리고 프리셉터Preceptor가 되었다. 나는 집을 옮겼다. 이 집에서 저 집으로.

그리고 그 집 안으로 들어갔다.

어떤 상황에서도 행복한 사람이 가장 행복한 사람이다. 긴 여정을 지나 이 생을 마감할 때, 혹시 나를 이 땅에 내려보내 주신 그분을 만난다면, 합장하며 "잘 다녀왔습니다" 할 것이다. 그분께서 빛나는 미소로 "잘했다" 하셨으면….

> 나는 큰 복도 받고
> 행운도 꽉 차 있습니다.
> 하늘의 뜻을 이 땅에 다 놓고 갑니다.
> '음'들이 모여 음악이 되듯이
> 많은 성인들의 만남으로 나는
> 하늘의 음률을 듣습니다.

이 글을 읽는 독자들에게 바치는 《기탄잘리》의 구절입니다.

> 내 여행의 시간은 길고, 또 그 길은 멀기만 합니다.
> 나는 태양의 첫 햇살을 수레로 타고 출발해,
> 수많은 별과 행성들에 자취를 남기며
> 광막한 세계로 항해를 계속하였습니다.

당신에게 가장 가까이 가기 위해서는
가장 먼 길을 돌아가야 하며,
가장 단순한 곡조에 이르기 위해
가장 복잡한 시련을 거쳐야만 합니다.

여행자는 자신의 집에 이르기 위해
모든 낯선 문마다 두드려야 하고,
마침내 가장 깊은 성소에 도달하기 위해
모든 바깥세상을 헤매 다녀야 합니다.

눈을 감고 '여기 당신이 계십니다!' 하고 말하기까지
내 눈은 멀고도 오래 헤매었습니다.

'아, 당신은 어디에?' 하는 물음과 외침이 녹아
천 개의 눈물의 강이 되었고,
'내 안에 있다!' 라는 확신이
물결처럼 세상에 넘칠 때까지.

영적인 작업에서는

이해하는 것 그 자체가

변화를 일으키는 능력을 가지고 있습니다.

이해는 내적인 성숙과 영적인 발전을 줍니다.

영성이란, 살아 있는 스승의 안내와

그에 따른 수행 없이는 결코 얻을 수 없습니다.

영성은 수행을 통해 내면의 세계를 깨닫는 것입니다.

명상하십시오.